초보 노인입니다

에세이 김순옥

처녀 노인입니다

민음사

들어가며 9

1
장

실 어
버 쩌
아 다
파
트
로

2장

실버아파트의 주민들

3장

초입에서 실버의 이야기

들어가며

갈색 머리를 뒤로 묶은 오동통한 몸매의 공인중개사는 첫 느낌이 매우 부드러웠다. 남편은 이 공인중개사를 택하길 다행이라고 했다. 집을 구하러 왔는지 공인중개사를 만나러 왔는지 헷갈리는 것 같았다. 당장이라도 계약서에 도장을 찍고 싶어 하는 남편과 달리 계속 망설이는 내가 신경 쓰였을 그녀는 최선을 다해 설명했다.

"이 실버아파트는 전국 최대 규모의 분양형이에요. 중요한 건 대형 병원이 옆에 있는 거죠. 아파트에서 병원까지 전용 통로가 있는 데는 아마 여기밖에 없을 거예요. 그리고 저기 보이는 건 장례식장인데, 아셔야 할 것 같아서요. 장례식장이 보이는 동은 별로 좋아하시지 않거든요. 어떠세요?"

내려다보니 병원 뒤통수에는 대형 장례식장과 엄청난 크기의 주차장이 완비되어 있었다.

"아유, 여기서 살다가 바로 장례식장으로 직행하면 되겠네. 아주 좋아요."

그렇게 우리는 실버아파트에 입주했다.

실버아파트는 실버 맞춤형 주거지다. 1년 365일 아침부터 저녁까지 세 끼 식사가 제공된다. 밥을 해 먹기 싫어지는 나이에 이처럼 좋은 조건을 찾기란 쉽지 않다. 노인에게 가장 중요한 대형 병원도 바로 옆에 있다. 운동시설과 사우나가 단지별로 구비되어 있고 동호회실과 모임을 할 수 있는 방들이 많다. 게스트 룸도 갖춰져 있으니 사위, 며느리가 불편할 이유가 없다. 입주민들이 평균 나이 80세의 노인들이다 보니 이들을 위한 직원도 많고 요양보호사들도 꽤 많이 눈에 띈다. 오직 실버들을 위한 시설과 인력을 갖추고 있는 곳이니 진정 '실버아파트'가 맞다.

노인들에게 최적화된 장소이지만, 이제 막 60대가 된 나에게 실버아파트는 낯선 세계였다. 은퇴 후 얼떨결에 실버아파트에 발을 디딘 어색한 순간에서 시작하는 이 책의 1장은 나의 실버아파트 관찰기다.

2장에는 실버아파트에서 만난 주민들의 이야기를 담았다. 이곳에서 매일 만나는 실버아파트의 노인들은 나의 미래였다. 그들의 삶을 기억해 두는 것은 내게도 또 내 또래들에게도 필요한 일이라고 생각했다.

노인들은 느리고 고상하고 편안했다. 이들을 이웃으로 만난 것은 내게 커다란 인생 공부였다. 그러나 갈수록 나의 실버아파트 진입은 너무 빨랐던 게 아닌가 하는 생각이 떠나질 않았다. 아직 노인이 될 준비가 안 된 나에게 이곳에서 실버로 사는 것은 관찰자로 머무는 것과는 또 다른 문제였다. 나는 결국 2년 8개월의 삶을 정리하고 이곳을 떠나기로 결정했다.

하지만 실버아파트를 떠난다고 해서 노년이라는 미래와 현재가 바뀌는 건 아니었다. 나는 '실버기'의 문앞에 선 초보 노인이었다. 3장은 나의 실버기 입문기다.

나의 이야기는 베이비붐 1세대들의 비슷비슷한 이야기일 것이다. 그 많은 베이비부머 중 한 명이 늙어 가는 이야기를 풀어 놓는 것은 '그렇구나.' 하고 맞장구쳐 줄 어딘가의 내 실버 친구들 때문이다. 우리는 혼자 늙어 가는 것이 아니다. 인생의 마지막 여정을 함께하는 동료들이 얼마나 귀한지.

소소하기 이를 데 없는 이 이야기들이 가뭇없이 실버기에 막 들어선 이들에게 조금은 낯익은 미래이길 바란다.

1장

어쩌다
실버아파트로

전원주택 대신 실버아파트

문제는 부족한 돈이었다.

은퇴를 하고 나서 우리는, 좀 더 정확히 말하면 나는 꿈꾸던 전원생활을 할 작정으로 경기도 외곽의 마당 있는 주택을 찾아 다녔다. 30년간의 아파트 생활을 청산하고 드디어 땅에 발을 딛고 인간답게 살리라는 기대는 경기도 일대의 전원주택을 다 섭렵하게 했다. 매일 아침 새로운 주택을 보러 다니던 발걸음은 꿈같았다. 그런데 어처구니없게도 너무나 열심히 따지고 고르다가 이사 기일이 임박해 갑작스럽게 한 주택을 계약하고 말았다.

주택의 가격이 싸서 우리가 가진 돈과 맞아떨어졌는데, 문제가 있었다. 주택 뒤쪽의 옹벽이 배를 쑥 내밀고 있어서 약한 비바람에도 불안했다. 결국 우린 6개월 만에 주택을 떠나 가까이 있는 신축 아파트에 전세로 들어가 사는 신세가 되었다.

결혼 후 10년은 전월세로 살았지만 이후 30년은 내 집이었기 때문에 전세로 지내는 상황을 견디기가 쉽지 않다. 누구도 '왜 그 나이에 아직도 전세야?'라고 묻지 않았으나 매일 추궁당하는 것 같았다.

그래서 나는 전원주택을 찾던 솜씨로 다시 네이버 부동산을 이 잡듯이 뒤졌다. 이번엔 아파트였다. 전에는 암묵적으로 전원주택을 싫어하던 남편이 이제는 대놓고 싫어하는 바람에 더 이상 고집할 수가 없었다. 남편은 깡 시골 출신임에도 도시를 열렬히 좋아했는데 그 이유는 아직 밝혀지지 않았다.

그렇게 해서 구한 곳이 이곳 실버아파트였다. 원해서 실버아파트를 택한 것이 아니라 돈에 맞추다 보니 이곳이었던 것이다.

30년 살던 분당의 아파트를 팔 때는 적정한 가격이라고 생각했다. 그런데 2년이 지나고 다시 집을 구할 무렵 전 국민이 다 아는 아파트값 폭등이 시작되었다. 아파트는 많았으나 가진 돈은 적었다. 할 수 없이 경기도 남부 일대를 훑고 있는데 이 아파트 단지가 눈에 띈 것이다.

어쨌든 가진 돈으로 구할 수 있는 새 아파트라는 데에 집중한 나머지 실버고 무엇이고 신경 쓸 겨를이 없었다. 입주 자격에는 오로지 나이 제한만 있었는데 내가 60세를 넘었다는 사실이 다행이라는 생각을 처음으로 했다.

문제는 정작 내가 실버라는 인식이 없다는 데에 있었다. 아직 밖에서는 할머니로 불린 적이 없었고 실제로 손주도 없었다. 동안이라 50대라고 해도 믿겠다는, 진정 믿고 싶은 말도 듣곤 했다. 여전히 젊은 여자애들이 드나드는 온라인 쇼핑몰에서 옷이며 신발을 샀고 당연히 나의 옷차림은 스타일과 상관없이 젊었다. 가끔 남편이 한마디씩 하긴 했다.

"어떻게 그걸 입고 나가나? 이 사람아. 당신 나이를 생각해야지."

그러거나 말거나 난 내 스타일대로 살아갔다. '늙은 당신이나 잘 하세요.' 남편과는 불과 네 살 차이였지만 나와 달리 남편은 지하철을 공짜로 타는 걸 자랑스러워하는 국가 공인 노인이었다.

그런데 실버아파트에 들어선 순간 나 역시 '할머니'가 되었고 직원들의 '어르신'이 되었다. 직원들은 입주민들을 무조건 아버님, 어머님, 어르신으로 불렀다. 워낙 직원의 수가 많다 보니 하루에도 서너 번 그런 얘길 들었다. '내가 왜 네 엄마니?' 하고 싶지만 어디 그럴 일인가. 내가 아무리 젊었다 한들 이곳에 들어와 있는데.

일종의 문화 충격이 시작되었다.

아파트 단지 어딜 가도 은발의 노인들뿐이었다. 대부분 건강했지만 휠체어나 워커에 의지해서 걷는 분도 꽤 되었다. 부부 중 한 사람의 몸이 불편하면 건강한 배우자가 손을 꼭 잡고 보행을 도와주는 모습도 자주 눈에 띄었다.

공원이나 길에서 그런 부부를 보면 노년의 모습이 아름답다고 느끼는데 여기선 달랐다. 내 눈이 못돼먹었거나 생각이 비뚤어진 탓이겠지만 별로 보고 싶지 않았다. 노인들의 그 불편함이 마치 내 것 같았다.

'아, 난 무슨 짓을 한 것이야? 도대체?' 그때 느꼈다. 실버아파트를 그냥, 마구, 준비 없이, 돈에 맞춰 생각 없이 들어오는 게 아니었다는 걸.

일반 아파트와 별 차이 없이 도리어 더 세심하게 지어졌고, 어차피 아파트 생활이란 게 내 공간에서의 개인적인 삶인데 뭐가 문제일까라는 생각은 실버아파트에 대한 나의 몰지각이며 실례였다.

실버아파트는 다른 세계였다. 실버아파트에 산다는 것은 그냥 노인들이 모여 사는 곳에 산다는 것 이상으로 무엇인가에 대한 예습이 필요한 일이었다.

난 아무런 준비도 생각도 없이 덜컥 실버의 세계로 들어와 버렸다. 그렇게 좌충우돌, 고군분투의 삶은 시작되었다. 매우 조용히.

우리집에 놀러 와

"여기다 차 세우시면 안 돼요."

등판에 보안팀이라는 글자가 새겨진 청색 조끼를 입은 앳된 청년이 달려오며 소리쳤다.

"이삿짐이야. 보면 몰라? 저기 10층으로 옮길 짐인데 그럼 어디다 세우라고?"

이삿짐 사장은 아무 말이 없었고 같이 온 묵직한 직원이 냅다 소리를 질렀다.

5월이었지만 누구 탓인지 환장하게 더운 날이었다.

"여긴 소방차가 들어와야 하는 곳이라 안 돼요. 얼른 빼세요."

청년은 얼굴까지 창백해지며 반말을 해대는 직원 앞에

서 헉헉거렸다.

"아, 뭐 이런 데가 있어. 그럼 사다리차를 쓰지 말라는 거야 뭐야?"

그사이에 사다리차가 슬금슬금 도착했고 청년은 뺑소니치듯 어딘가로 사라졌다. '아니 실버아파트는 맨날 불만 나나? 어떻게 저 이삿짐을 다 엘리베이터로 날라?' 아파트 이사를 몇 번째 하지만 이런 경우는 처음이었다.

어쨌든 사다리가 거실 유리창 쪽에 장착되고 짐이 올라올 무렵 아까 그 청년이 이번엔 집으로 뛰어 들어왔다.

"안 된다니까요. 당장 사다리 내리세요."

아무래도 이건 아니다 싶어 남편이 나섰다.

"책임자 연결하세요. 제가 연락할 테니."

청년이 와다다다 찍어 주는 전화로 남편이 몇 마디 하자 사건은 마무리되었다.

'이곳은 실버아파트라 언제 비상사태가 생길지 모르므로 소방차 구역에 주차를 하는 것은 불법이나 이미 사다리를 장착했으니 신속하게 이사하시고…….'

별일이 다 있다 싶은 개운찮은 마음으로 올라오는 짐을 보고 있는데 갑자기 아까의 반말 직원이 푹 주저앉았다. '이것은 또한 무슨 일?' 휘둥그레진 내 눈에 사장은 아무렇지 않게 직원이 당뇨가 있다고 말했다.

맙소사! 일은 고사하고 바닥에서 개처럼 헐떡이는 가엾은 직원이 죽기라도 하면 어쩐단 말인가. 도대체 사장은 무슨 생각으로 당뇨 있는 직원을 데리고 왔단 말인가. 참으로 다사다난하다.

서둘러 묶음으로 올라온 생수를 직원 옆에 갖다 놓고 뭐 필요한 게 없냐고 물었다. 그는 단 게 있으면 달라고 했다. 새로 이사한 집에 짐도 안 풀었으니 무슨 단 것이 있을까. 더욱이 노인네 둘이서 단 것을 먹을 일은 생일날뿐이었다.

안쓰러운 한편 짜증이 땀구멍에서 즙처럼 흘렀으나 어쩌랴. 일단 아파트 내의 편의점에서 초콜릿과 옛날 크림빵, 단팥빵을 사왔다. 잠시 후 직원은 소생했으나 그렇다고 씩씩하게 일을 할 정도는 아니었다. 결국 집주인 노인 둘과 주방 아주머니 하나가 일을 돕는 수밖엔 없었다.

현관문을 활짝 열어 놓고 이사가 한창일 때, 처음 보는 할머니 한 분이 쑥 들어왔다. 어찌나 자연스럽던지 자기 집 같았다.

"아이고, 며칠 정신없이 시끄럽게 꽝꽝대더니 오늘 이사 왔나 봐?"

허리가 다소 굽었으나 매우 정정해 보이는 할머니였다. 150센티미터가 될까 말까 한 키와 전체적인 실루엣을 보면 80을 훨씬 넘어 보였지만 백색의 머리숱은 우리 부부보다 많아서 나이를 가늠하기 어려웠다. 하긴 나이가 많아지면 어느 순간부터 그냥 무한대 노인이긴 했다.

"아, 예. 그동안 시끄러우셨죠? 에어컨 공사랑 줄눈 공사 하느라 그랬어요. 죄송합니다."

나는 매우 예의바르게 대답하면서도 의아했다.

40년 결혼 생활을 하며 이사를 숱하게 했고 그 대부분이 아파트였지만 이렇게 모르는 이웃이 쑥 들어온 경우는 처음이었다. 더욱이 그 당당함이라니. 나는 마치 집주인 앞에 선 세입자 같았다.

"거, 있잖아? 난 옆집 1004호에 혼자 살아. 아유, 여긴 방이 셋이네. 밝기도 하고 시원하기도 하고. 좋은 집에 이사 왔네."

할머니는 뒷짐을 진 채 방과 방 사이를 왔다 갔다 하며 매우 즐거워했다. 물론 난 할머니가 왜 즐거운지 그 이유를 아직은 알지 못했다.

"여기 좋아. 다 노인네들이라 조용해. 난 밥은 잘 안 먹지만 식당도 있고 편의점도 있잖아. 사우나도 있고. 아줌마는 헬스장 가도 되겠네. 난 그저 산에나 다녀와. 식당은 밥이 맛없어. 밥값까지 합쳐서 받으니까 관리비는 오지게 비싸. 칠보 아파트라서 그래."

갑작스레 나타난 1004 할머니는 아파트 정보를 순식간에 전수해 주었다.

"칠보 아파트요?"

"응, 아파트 이름이 오죽 길어. 그거 못 외우지. 그런데 이런 델 칠보아파트라고 한대, 우리 아들이."

웃어야 할지 말아야 할지 난감했다. 하긴 아파트 이름은 여느 아파트보다 유난히 긴 11음절이었다. 누가 지었는지. 하여튼 난 얼른 얼굴을 가다듬었다.

"아파트 이름이 너무 어렵죠. 그런데 왜 칠보예요?"

"칠보가 비싸잖아. 관리비가 좀 비싸? 그래서 다 칠보 아파트라고 불러. 내 친구들도."

"아! 좋은 아파트란 뜻이죠? 할머니."

일단 긍정적으로 말을 마쳤다. 그래야 할 것 같은 마음이었다.

할머니가 나처럼 실버라는 단어가 싫어서 실버를 칠보라고 하는지, 아님 실버라는 발음이 안 되는 건지, 혹은 관리비가 비싸서 불만을 에둘러 말하는지 알 수 없는 일이었다.
만일 세 번째라면 나중엔 칠보가 다이아로 바뀔 수도 있겠
단 생각에 피식 웃음이 났다.

　"우리집에 한번 놀러 와. 나 혼자 있어."

　처음 만난 할머니의 초대에 난 어? 예? 아! 하다가 어떤
대답도 하지 못했다.

　언제부터인지 오래되고 낯설어진 문장.

　우리집에 놀러 와.

어
쩌
다
실
버
아
파
트
로

이사 떡과 실버 시에스타

이사를 하고 정신이 좀 들자 이웃이 되었다는 신고는 해야 겠다 싶었다. 근처 떡 카페에 가서 선물용 꾸러미를 골라 열 개를 포장했다. 머리가 희끗하고 점잖아 보이는 가게 주인 도 우리 아파트에 산다고 했다. 남편은 떡 카페 주인이 같은 아파트에 산다는 말이 뭐 그렇게 반가운지 고향부터 시작해 서 긴 통성명을 하더니 앞으로 자주 오겠다는 말로 대화를 마쳤다.

난 다시는 남편과 함께 떡 카페에 오지 말아야겠다고 가만히 결심했다.

"아유 좋아하시겠네. 이사 오셨다고 떡 사 가시는 분은 처음이네요."

순간 '어? 오버인가?'라는 의미심장한 단문이 떠올랐지만 드러내지 않고 각각 투명한 비닐 백에 포장해서 들고 왔다. 혹시라도 집에 안 계시는 경우에는 현관 문고리에 걸어 둘 생각이었다. 집에 돌아와 남편에게 포스트잇에 손 글씨를 써서 비닐 백에 붙이라고 했다. 남편은 내용을 알려 달라고 했다.

"내용은 무슨? 그냥 이사 왔다는 인사말만 쓰면 되지."

짜증 섞인 내 말에도 남편은 끝내 내게서 문장을 얻어 냈다.

'1005호에 이사 왔어요. 잘 부탁드립니다.'

떡 봉지를 든 남편을 대동하고 세대마다 벨을 눌렀지만 약속한 듯 아무 반응이 없었다. 우리가 사는 10층 아홉 세대와 아래층까지 모두 조용했다.

도대체 다들 어딜 간 걸까? 떡이 더운 날씨에 상하진 않을까? 여러 의문과 걱정이 생겼지만 일단 버려야 할 쓰레기가 두 봉지나 되어서 양손에 쓰레기봉투를 든 채 로비를 가로질러 갔다. 로비는 200평은 족히 될 만큼 넓었고 층고가 아파트 두 층을 뚫어 놓은 듯 높고 시원했다. 그리고 군데군데 쉴 수 있는 의자나 소파가 구비되어 있었다. 비어 있기는 하나 안내 테이블도 중앙에 자리 잡고 있었다. 하드웨어는 호텔 로비였으나 소파마다 서너 명씩 무리를 지어 앉은 노인들은 나의 현실 감각을 일깨웠다.

'양로원이 따로 없네. 내가 양로원을 찾아 들어왔구나.' 나도 모르게 한숨이 폭 나왔다. 내 나이도 결코 적지 않았지만 평균 80은 넘어 보이는 노인들이 모여 있는 이곳은 내가 살던 이전 세계와는 많이 달랐다. 실버아파트 곳곳은 아버지가 돌아가시기 전까지 계시던 요양원과 너무 닮아 있었다.

"아줌마, 떡 잘 먹었어."

쓰레기를 버리고 부지런히 로비를 지나 공동 출입문을 들어서는데 1004호 할머니가 웃으며 소리쳤다. 할머니는 막 집에서 나오는 모양이었다.

"안 계신 것 같아서 그냥 문에 걸어 놨는데요, 어디 다녀오셨어요?"

"가긴 어딜 가? 산에 갔다 와서 한숨 잤는데 떡을 걸어 놨더구먼."

할머니는 뒷짐 쥔 손 하나를 풀어 흔들며 로비 쪽으로 걸어갔다.

'모두들 낮잠들을 주무셨나? 노인 아파트엔 시에스타가 있는 모양.'

아버지도 그랬다. 점심 이후엔 잠시 주무시고 저녁 이후에도 잠시 주무셨다. 그리고 밤엔 잘 안 주무셨다. 아무 때나 주무시고 아무 때나 깨어 계셨다. 아버지는 혼자 남은 삶을 지루해하시며 밤낮을 당신 맘대로 사시다가 밤도 낮도 아닌 이른 저녁에 돌아가셨다.

'아버지도 시에스타를 즐겼을 뿐인데 내가 몰랐나?' 이런 저런 생각 속에 복도를 걸어가는데 걸어 놓은 떡 봉지가 다 사라져 있었다.

"떡들은 다 가져가셨던데?"

남편이 다행이라는 표정으로 기뻐하며 말했다.

"아까는 시에스타였던 모양이야."

"응?"

남편이 시에스타를 모를 리 없었지만 귀가 차츰 어두워지는 상황이었다.

"낮잠 시간이라 다들 벨 소리를 못 들으셨나 봐."

"아, 시에스타. 낭만적이네. 스페인 같잖아."

40년이나 그럭저럭 함께 살아온 남편인데 이렇게도 감정의 결이 다를까 싶었다.

"아니, 공식적인 낮잠 시간이 있는 게 아니라 대개 주무시는 것 같다고. 낮엔."

공연히 화가 나서 나지막하게 소리를 질렀다. 그러나 남편은 아무렇지 않게 TV 리모컨을 집어들며 중얼거렸다.

"그 말이나 그 말이나."

남편은 벌써 실버아파트 주민으로 완전히 적응한 것 같았다. 하긴, 남편도 식후엔 거의 졸거나 자기 시작했으니까.

여기 아파트 맞아요

"어머, 너 벌써 요양원에 들어갔다며? 웬일이니?"

친구에게서 온 전화였다.

"무슨 소리야? 요양원 아니고 실버아파트야. 그냥 아파트인데?"

아무렇지 않게 대답을 했으나 비슷한 전화를 두세 번 더 받고 나니 약간 화가 났다. 내가 사는 아파트를 남이 요양원이라고 하든 양로원이라고 하든 신경쓸 일이 아니었는데 신경이 쓰였다.

"야, 너 나이가 몇인데 벌써 노인네 아파트를 들어간다고 그래? 그건 내가 가야지."

나보다 나이가 여덟 살 많은 친언니도 그런 전화를 했

다. 이거 참.

다시 말하지만 나와 남편이 사는 여기는 실버아파트다.

아파트니까 재산세도 내고 주민세도 내고 건강 보험료
도 낸다. 당연히 등기 권리증도 가지고 있고 주택 연금 신청
도 가능하다. 다달이 우편함 고지서에 관리비 청구서가 꽂
혀 있고 조금이라도 인상되었으면 욕을 하면서도 계좌 이체
를 한다. 거의 지켜지지 않지만 분리수거도 정해진 날 해야
하고 음식물 쓰레기도 전용 쓰레기통에 카드를 찍고 나서
버려야 한다. 안내 방송하는 AI의 목소리를 바꿔 달라고 민
원을 넣기도 하지만, 청소 아주머니에게 늘 고맙다고 인사
를 한다.

아파트 단지 안의 산책로엔 반려견을 이끌고 나온 사람
들이 많고 예쁘게 조성된 꽃밭에는 전문가용 카메라로 꽃의
자세한 모양을 담는 입주민도 있다. 단지 안을 걸어다니다
보면 도로를 전동 카트로 돌아다니는 청년 직원들을 보고
"쟤들이 하는 일이 도대체 뭐야?" 하는 영감님의 볼멘 목소
리를 듣기도 한다. 앞집과 옆집이 누구인지 대개는 알지만
서로 마주치는 일은 별로 없다.

여느 아파트와 하나도 다를 것이 없는 그냥 아파트다.

다만 입주민이 다 노인이라서 실버아파트다. 아니, 실버아파트라서 입주민이 다 노인이다.

어쨌든 노인들만 사는 이곳은 일반 아파트와는 많이 다르다.

일단, 이곳은 조용하다. 층간 소음이 거의 없다. 난 이사한 뒤 어떤 층간 소음도 들어 본 적이 없다. 식구가 한둘이기도 하고 걷다가 넘어질까 조심하니 쿵쾅거릴 일이 없는 것이다. 더욱이 어둠이 내리면 단지는 거의 진공상태처럼 고요해진다. 출퇴근하는 사람이 소수이고 대부분의 노인들은 일찍 잠자리에 들기 때문이다. 그래서 1년 중 명절을 뺀 나머지 359일 정도가 거의 침묵 모드다.

그리고 놀이터와 어린이집이 없다. 젊은이들과 어린아이가 없으니 당연하다. 그렇다고 노인정이 따로 있는 것은 아니다. 아이러니하지만 실버아파트에 노인정이 없어서 노인정을 만들어 달라는 민원이 끊이지 않고 있긴 하다. 그럴 때 난 혼자 생각한다. 절대 소리 내지 않고. '아파트 전체가 거대한 노인정인데 또?'

음식 냄새도 거의 없다. 요리를 많이 하지 않기 때문인데, 그러니 옆집 때문에 배고플 일이 없다. 아마 우리 동에서 내가 만드는 음식 냄새가 제일 심할 것이다. 그래서 청국장이나 생선구이 같은 것은 외부 식당에 나가 먹는다. 물론 음식 냄새를 풍긴다고 그 누구도 불만을 얘기하거나 문을 두드리며 자제해 달라고 하지는 않는다. 그러나 함께 사는 노인들을 생각하면 누구나 나처럼 할 것이다.

단지별로 있는 멋진 식당에는 1년 내내 세끼 식사가 준비되어 있고 원하는 메뉴를 보고 가서 먹으면 된다. 물론 유료이기 때문에 맛이나 가성비가 좋다 나쁘다 하는 개인적인 의견 차가 있을 수밖에 없다.

식당에 대해서는 언제나 말이 많았다. 입주한 노인들의 수만큼 입맛도 다양하니 어찌 평안이 있으랴. 식당 문제는 늘 노인들의 중요한 이슈이며 가십거리였다.

그런데 비교적 젊은 노인이고 어린이 입맛인 내게는 대부분의 메뉴가 입에 맞지 않았다. 튀김요리나 중식, 양식은 즐겨 먹었지만 한식 메뉴는 집밥으로 해결했다. 반면에 정통 노인 입맛에 가까운 남편은 매 끼니 따뜻한 밥과 국, 누룽지를 만들어 주는 식당이 기꺼울 수밖에 없었을 것이다. 입맛 없는 노인들에게는 안성맞춤인 기본 영양 식단이 제공되었다.

헬스장은 당연히 과밀하지 않지만 옆에 붙어 있는 사우나는 많이들 좋아하는 편이었다. 코로나 때 사우나를 폐장했다가 아우성에 급히 문을 연 경우도 있었다. 어떤 노인은 '심장질환에는 사우나가 필수입니다.'라며 개장을 촉구했다. 남편도 심장에 쇠그물을 넣었는데 사우나를 가지는 않았다. 아마 자신에게 사우나가 필수라는 이야기를 아직 못 들었거나, 꼭 그런 것은 아니라는 온라인 커뮤니티의 글을 읽었을 것이다. 하여튼 우리 부부는 노인 대부분이 좋아하는 사우나와는 거리를 두고 살았다. 사우나는 무료였음에도.

단지 내에는 골프 연습장도 있고 바둑이나 체스, 서예를 비롯한 수많은 동호회가 있다. 노래든 외국어 회화든 춤이든 원하면 할 수 있다. 하다못해 '수다를 떱시다', '소주 한 잔'이라는 동호회도 있다.

탁구장은 늘 만원이었다. 노인들이 젊었을 때 즐겼던 경기 중의 하나가 탁구였기에 탁구장은 순서를 기다리는 노인들로 북적였다. 탁구 동호회도 따로 있었는데 탁구장은 동호회 회원들의 수요를 해결하기에도 역부족인 듯했다. 그래서 우리 부부에게 탁구가 그나마 함께 할 수 있는 운동이었음에도 탁구장에 가지 않았다. 탁구 선수 같은 복장과 표정의 노인들이 탁구장을 채우고 있었기 때문에 감히 들여다

볼 엄두를 내지 못한 것이다.

　운영 사무소에서는 절기에 따라 행사를 기획했다.

　예를 들면 어버이날에는 보기에 민망할 정도로 커다란 카네이션을 로비에 몇 개 설치해서 포토존을 만들었다. 나는 '우와, 그로테스크 하네.' 하며 지나가지만 어버이날에는 한복을 곱게 차려입은 할머니들이 가족들과 사진을 찍는 진정한 포토존이 되었다. 그럴 때는 다소 놀라면서도 나의 비뚤어진 심성을 다잡아 보았다. '그렇지. 어버이날인데…… 그마저 없으면 쓸쓸하시겠다.'

　성탄절에는 소박한 반짝이 트리 장식과 가짜 선물 꾸러미, 양말 등의 장식이 있긴 했는데 그때는 사진 찍는 노인들을 보지 못했다. 역시 성탄절은 젊은이들의 절기인가 보다 하고 생각하다가도 노인들이 가짜 선물 꾸러미에 화가 났을지도 모르겠단 생각도 들었다. 아무래도 성탄절이나 석탄일보다는 어버이날과 명절이 문전성시였다.

　때때로 로비에서는 열린 음악회가 열리기도 했다. 말 그대로 모든 것을 다 열어 놓고 하는 음악회라 사방은 뚫려 있고 당연히 방음 시설 같은 것은 기대할 수 없었다. 입주민 중에 재주가 뛰어난 분들이 많아 가수며 트럼펫 연주자며

색소폰 연주자, 오카리나 합주단 등이 참여했다. 물론 코로나 시기에는 방청객을 제한했기에 닫힌 음악회가 되긴 했지만 오가며 들여다보는 사람을 어찌할 수는 없었을 것이다.

'치매를 조기에 발견해 드립니다.'라는 프로그램을 지역 보건소와 손잡고 진행하기도 하는데 '치매를 치료해 드립니다.'는 없었다. '발견은 해 드리지만 거기서 끝입니다.'라고 말하는 것 같아 거슬렸다. 치매 검사실은 내가 매일 지나는 동선에 있어서 지날 때마다 문에 붙은 글씨를 떼 버리고 싶었다. 그러나 검사받겠다고 기다리는 노인들이 안쓰러워 얼굴에 억지웃음을 새기곤 잽싸게 지나갔다.

이러한 일들을 아무렇지 않게 여기며 지내다가도 가끔씩 한숨이 나왔다. '나는 언제까지 입주민이 아닌 관찰자의 시선으로 노인들과 이 아파트를 보고 있을까?'

혼자 남는다는 것

실버아파트는 리조트나 오피스텔처럼 넓은 복도를 사이에
두고 앞집과 마주하고 있는 복도식이다. 처음엔 왜 복도를
쓸데없이 넓게 만들어서 전용공간을 줄였나 싶었는데 아마
도 휠체어가 다닐 공간 때문인 것 같다.

그런데 이사한 지 두 달이 지나도록 앞집 주인을 만날
기회가 없었다. 다른 노인들은 그래도 몇 번씩 마주쳐 얼굴
을 익힐 정도는 되었는데 앞집만 그러지를 못했다.

엊그제는 산에 가려고 나서는데 문 너머로 인기척이 있
었다. 얼른 문을 열고 확인하려고 했으나 집으로 들어가는
여자 둘의 뒷모습만 보였다. 둘 다 키가 컸는데 뒷모습으로
도 엄마와 딸의 느낌이었다. 엄마인 듯한 노인은 체격도 좋

고 자세도 꼿꼿하며 머리카락도 검은 것이 그리 늙은 것 같
지 않았다.

"앞집 아주머니 오늘 처음 봤네요. 딸이 온 것 같아."

다시 들어가 남편에게 새로운 정보를 알렸다. 소파에서
책을 보다 졸던 남편은 갑자기 생기를 띠며 대답했다.

"난 며칠 전에 영감님도 봤는데. 키가 자그마하시더라
고. 아주머니는 꽤 크시지? 골프 하시는 것 같아. 아주 커다
란 골프 가방을 들고 들어가시던데?"

남편도 앞집 주인을 봤지만 역시 뒷모습뿐이었다고 했
다. 그러고 보니 나도 골프 가방을 끌고 다니는 키 큰 여인을
복도 끝에서나 멀리서 몇 번 본 기억이 났다. 어쨌거나 우리
처럼 집에만 있는 분은 아니었다.

일주일 전쯤, 꽤 이른 아침 시간에 앞집 문을 두드리는
소리에 놀라서 나간 일이 있었다. 난 그때까지 앞집 얼굴을
보지 못했으므로 문을 두드려 대는 80대 할머니가 주인인
줄 알았다. 할머니는 굉장히 걱정스럽고 다급한 표정으로
문을 두드리고 초인종을 눌렀는데 안에서는 아무런 기척이
없었다. 그 소란이 얼마나 컸던지 우리 라인 사람들이 잠옷
바람으로 총출동했다.

"할머니, 왜, 문이 안 열려요?"

비교적 젊은 1003호 아저씨가 뛰어와서 할머니의 키를 문에 대 봤으나 이상 작동음만 들려왔다.

"이거 안 되는데요? 왜 이러지? 안에 누가 계세요?"

"우리 영감이 있는데 문을 안 열어 줘요. 어떡해."

할머니는 울상이었다. 쓰레기를 버리고 왔는데 그사이에 문이 잠기고 열리지 않아 이 사달이 났다고 했다.

"아니, 그런데 할머니. 왜 카드 키도 먹질 않을까요?"

"우리 영감이 쓰러졌나 몰라요. 몸이 좋질 않거든."

안절부절못하는 할머니를 안정시키고 관리소 직원을 불렀다. 10여 분이나 있다가 도착한 젊은 직원은 어쩐지 심드렁했다.

"저희도 함부로 열지는 못해요. 그런데 할머니, 집이 여기 맞아요?"

"맞다니까. 내가 방금 쓰레기 들고 나왔는데."

할머니는 확고했다.

"할머니, 혹시 할아버지 전화번호 아세요?"

다행히 할머니는 번호를 기억하고 있었다.

"아니 이 여편네가 왜 안 들어오고 그래? 나간 지가 언젠데 들어오지는 않고 전화를 해?"

할머니의 목소리를 확인한 할아버지는 우리에게 들릴 만큼 큰 소리로 화를 냈다. 알고 보니 할머니는 2층을 더 올라가야 하는 12층에 살았다. 이곳에선 흔히 있는 일이긴 했다. 이 소란에 아무 반응이 없는 것으로 보아 우리 앞집은 비어 있는 것이 확실했다.

그러던 어느 날, 외출하고 돌아왔는데 우리집 현관 문고리에 커다란 비닐봉지가 매달려 있었다.

'1006호'

상추와 오이, 고추 같은 것들이 꽉 차게 들어 있는 비닐봉지 위에는 매직으로 쓴 숫자 네 자리와 한글 한 자뿐이었다. 비닐봉지는 우리 층 각 세대의 문고리마다 선물처럼 달려 있었다. 그러나 여전히 1006호인 앞집 주인을 만날 기회는 없었다.

선물받은 상추와 오이를 거의 먹어 갈 무렵 오랜만에 식당에 갈 일이 있어 집을 나서는데 앞집 문이 열리는 소리가 들렸다. 난 부지런히 문을 열고 나갔다.

"어머, 안녕하세요? 그렇잖아도 주신 야채를 너무 잘 먹어서 인사를 드리려고 했는데……."

앞집 주인은 생각대로 60대 후반으로 보였다. 골격이

컸고 얼굴도 이목구비도 모두 굵직굵직했다. 이곳에서는 비교적 젊은 사람이라 내심 반가웠다. 앞집 주인은 현관문을 연 채로 자기 몸만큼이나 큰 골프 가방을 끄집어내느라 갑작스런 내 인사에 답을 할 여유가 없었다.

"주로 골프 다니시나 봐요. 자주 못 뵈어서요."

무사히 골프가방을 끌어낸 앞집과 나는 나란히 길고 넓은 복도를 따라 걸었다. 앞집은 가만히 고개를 끄덕일 뿐 별말이 없었다.

"아저씨와 두 분이서 사시나요? 저희도 부부만 살고 있어요."

침묵을 깨느라 말을 계속했는데 나의 질문에 무표정하던 얼굴이 의아하게 바뀌었다.

"남편이요? 저 남편 없는데요? 아마 우리 사위를 보셨나 봐요."

아뿔싸. 도대체 우리 남편은 언제쯤 정확한 정보를 알려 주려나. 아이고, 확인 안 한 내가 잘못이지.

"아, 그래요? 아유, 죄송해요. 우리 남편이 아저씨로 착각했나 봐요. 그때 인사를 못 드렸다고 송구해하더라고요."

민망하고 창피하고 미안한 생각에 어딘가 가 버리고 싶었다. 복도는 왜 이리 긴가.

"남편은 얼마 전에 죽었어요. 남편 때문에 여기로 이사 왔거든요. 병원이 옆에 있어서 치료받고 퇴원하면 여기서 살려고요. 그런데 들어와 보지도 못하고 병원에서 갔네요."

난 얼어붙는 느낌이었다. 선선한 목소리로 아무렇지 않게 남편을 보낸 일을 얘기하지만 허전함과 쓸쓸함과 그리움이 그대로 밀려 들어왔기 때문이다.

"그렇게 될 줄은 몰랐던 거죠. 병 낫고 함께 살 생각만 했으니까요. 그래서 가구고 살림이고 다 새로 장만했는데."

앞집은 여전히 차분한 목소리로 얘기를 했고 어느덧 우리는 엘리베이터 앞에 섰다.

"그러시구나. 세상에. 아, 엘리베이터 왔네요. 어서 다녀오세요."

앞집을 엘리베이터에 태워 주차장으로 내려 보내고 난 한참을 그 자리에 서 있었다.

우리가 이사온 뒤 빈집처럼 조용했던 두 달 동안 앞집은 남편을 보내고 있었다. 둘이 살려고 장만한 집에서 혼자 살아 내는 시간이 얼마나 고독했을까. 그나마 골프를 함께 할 수 있는 친구들이 있는 것 같아 다행이다 싶었다. 나름대로 살아가는 방법을 찾아야 했을 테니까.

집에 돌아와 보니 남편은 책을 무릎 위에 펴 놓은 채 소파에서 잠들어 있었다. 앉기만 하면 존다고 잔소리를 하려다가 멈췄다. 멈춰야 할 것 같았다.

우리가 살고 있는 10층에는 열 가구가 있고 그중 네 가구만 부부가 함께 살았다. 넷 중 한 집은 부인이 파킨슨병을 앓고 있어서 거의 출입이 없었고 또 다른 한 집도 남편이 어딘가 불편하다고 했다. 나머지 여섯 가구는 할머니만 계셨는데 그중 하나가 우리 앞집이었던 것이다.

할머니들은 건강했고 씩씩했으며 활동적이어서 바깥출입이 잦았다. 당연히 얼굴을 마주칠 일이 꽤 있었다. 앞집만 빼고. 확실히 남자들이 빨리 죽는다는 통계가 입증되는 곳이었다.

"들어가 주무시지요. 소파는 침대가 아닙니다."

"안 잤어. 책 보다가 잠깐 졸았지."

남편은 언제나 잠을 잔 적 없다고 했다. 코를 골면서도 안 잤다고 했다. 95세가 낼 모레인 시어머니가 매일 졸다가 주무시다가 하면서도 안 잤다고 하시더니 그 어머니에 그 아들이었다.

"알았어요. 졸지 말고 그냥 주무시라고."

갑자기 이 집에서 혼자 살게 되는 날이 올까 봐 두려운 마음이 들었다. 아무리 생각해도 그건 안 될 일이었다. 남편을 위해서가 아니라 나를 위해서.

혼자 남겨지는 것은 풀 수 없는 어려운 문제 같은 것일 텐데 그걸 감당해 낼 자신이 없었다. 그건 남편도 마찬가지일 것이다. 그런데 이곳엔 그 문제를 안고 살아가는 많은 노인들이 있다. 막상 문제 앞에 서면 앞집처럼, 혹은 다른 다섯 할머니들처럼 그렇게 살아지는 것일까. 그렇겠지. 아마 그렇게 살아지겠지.

기척이 나서 소파를 보니 정신을 차린 남편이 다시 책을 끌어다 보는데 그 모습이 새삼스러웠다.

실버 식당과 밥 전쟁

실버아파트에서 밥은 매우 중요하고 민감한 문제다. 우리 아파트에는 식당을 보고 입주한 분들이 많았기에 더욱 그랬다.

나도 결혼 전에야 먹든지 굶든지 내 맘대로였지만 식구가 딸리고 보니 밥은 인생의 필수 요소가 되었다. 나는 시골에 계신 시부모님이 찾아오시기라도 하면 새벽부터 아침상을 봐 놓고 출근했던 빌어먹을 슈퍼우먼 신드롬의 시대를 살았다. 그러니 밥 얘기만 나오면 자연스레 일종의 트라우마가 발동되었다.

그래서인지 지금은 식사를 대강 하고 그나마 세 끼 중한 끼는 건너뛸 때도 많았다. 그렇다고 은퇴해서 종일 같이 있는 남편에게 '너도 나처럼 드세요'라고 하기엔 아직 내공

이 부족했다. 하긴 남편도 이제는 늙은 내게 세끼 밥을 얻어 먹기는 미안하다고 했다. 남편이 이 아파트를 선택한 이유도 1년 내내 밥이 제공되는 식당 때문이었다. 나는 점심 때는 대개 남편을 식당으로 보냈다. 남편은 반은 자발적으로 반은 강제로 점심을 식당에서 해결했는데, 그래도 별말 없이 점심을 먹고 오곤 했다.

그런데 언젠가부터 식당 밥에 대해서 원료가 국산이 아니라는 둥 입맛에 안 맞는다는 둥 너무 비싸다는 둥 부정적인 이야기가 떠돌았다. 한편 식당은 엄청난 누적 적자로 죽을 지경이라고 했다. 아무도 안 믿었지만.

그러던 어느 날 2차 밥 전쟁의 시작이 된 사건이 벌어졌다. 식당 앞에 떡하니 대자보가 나붙었는데, 물가 상승으로 인해 부득이하게 밥값을 인상해야 하니 설문 조사를 하겠다는 것이었다. 여기까지는 아주 평범했다. 설문이야 할 수 있는 것이니까. 팬데믹과 우크라이나 전쟁으로 인플레가 세계적으로 확산되는 때였고, 모든 것의 가격이 올랐다는 것은 당연히 노인들도 알고 있었다.

그런데 식당 측의 설문지라는 것이 개가 웃을 노릇이었다. 이런 식이었다.

— 식비 인상 6,000원 ( ) / 식비 인상 7,000원 ( )

— 두 가지 중에 선택해 주세요.

말하자면 조금 올릴지 좀 더 많이 올릴지 선택하라는 얘기였다. 차라리 솔직하게 식비를 6,000원으로 인상하게 되었으니 이해해 달라고 했으면 좋았을 텐데, 말하자면 아무튼 올릴 건데 어디다 동그라미 칠래?였다.

농락당하는 기분이었다. 그러니 노인들이 가만히 있을 리 없었다. 화가 충천한 일부 노인들은 전쟁을 선포했다. 입주민의 7분의 1 정도의 소수 노인이었다.

"이 따위 설문지가 어디 있나? 마치 김밥집 주인이 2000원 짜리 김밥을 3000원 내고 먹을래? 4000원 내고 먹을래?라고 손님에게 묻는 거 아냐?"

"김밥은 싫으면 안 사먹으면 되지만 여긴 의무식 아냐? 한 달에 무조건 먹어야 되는 끼니가 있는데, 뭐? 조금 올릴까요? 많이 올릴까요? 이런 건 다 반대해야 돼."

"인상을 반대한다는 설문은 왜 없어? 여러분들, 설문에 응하지 마세요. 그리고 기준이 뭐냐고? 운영 위원회에서 결정한 거라고? 그놈들이 우리 대표야?"

그놈들이 우리 대표인 것은 맞다.

실버아파트엔 운영 위원회라는 게 있는데 그중 몇 명이 입주민이다. 그러니 대표는 대표지. 그런데 대표가 대표 노릇을 제대로 하지 못하고 거수기라는 게 소수 노인들의 의견이었다. 나도 소수 노인들로 이루어진 채팅방에서 아파트가 돌아가는 모양새를 들여다봤는데 안팎으로 답답한 일이 많아 보였다.

'이 참에 입주민 모두가 식사를 거부해야 한다고 생각합니다.'

'우리는 식당을 점거하고 농성할 수도 없는 겁니까?'

다혈질이거나 과격한 노인들이 채팅방에서 발언을 했지만 안타깝게도 그다지 호응이 없었다. 대부분의 노인들에게 밥은 너무 중요한 문제였기 때문이다. 들리는 얘기로는 할머니 한 분이 식당 앞에 서서 '저 놈들이 노인네들 밥 굶기려고 밥값 올리지 말라고 한다.'라고 주장하는 서글픈 시위도 있었다고.

당연히 승리한 식당은 설문 결과를 밝히는 대자보를 붙였다. 사족을 달아서.

'7,000원으로 하자는 입주민도 있었으나 6,000원 쪽이 좀 더 많아서 이리 결정하게 되었음을 알려드립니다.'

"똥을 싸라, 미친놈들."

고상하게 늙은 키 크고 자세가 빳빳한 할머니가 낮게
욕을 하며 지나갔다.

식당의 일방적인 승리로 끝난 지금이 2차 밥 전쟁인 것
은 1차가 있었단 얘기다. 1차 전쟁은 입주와 동시에 일어났
다 사그라들었다. 분양할 때 제시한 밥값보다 입주할 때 가
격이 이미 올라 있었지만 제대로 전쟁조차 하지 못했다고.

그런데 전쟁을 하나 안 하나 결과는 같고, 3차 밥 전쟁
이 일어나도 결국 '우리는 승리하리라.(we shall overcome)'
하고 노래하지 않을까 그들은.

발발이 할머니 모임

우리 아파트의 B단지 쪽 정원에는 곳곳에 쉼터가 있다. 목조 테이블과 역시 나무로 만든 의자 몇 개가 있는 소박한 쉼터였지만 봄에서 가을까지 노인들이 종종 모였다. 겨울만 빼곤 언제나 나무가 그늘이 되고 각종 꽃과 나비가 날아들었다. 노천카페라고나 할까. 물론 비가 올 때는 사용할 수 없지만, 비가 오면 노인들이 바깥출입을 거의 하지 않기 때문에 별문제는 아니었다. 지붕 있는 퍼걸러가 A단지에 있었지만 비가 들이쳐서 비 오는 날 사람이 없기는 마찬가지였다.

　내가 아파트 단지 뒤의 산에 가는 길은 두 가지인데 그중 하나가 이 B단지 정원의 카페를 지나가는 길이었다. 카페에는 매번 비슷한 인원의 할머니와 할아버지가 계셨다. 보통 할머니가 세 분 혹은 네 분이었고 할아버지는 언제나 한 분이었다. 그렇다고 할아버지가 인기남으로 보이진 않았다. 일단 할머니들에 비해서 체격이 작고 빈약해 그 가운데 앉아 계시는 것만도 쉽지 않아 보였다. 내가 지나다닐 때마다 할아버지는 할머니들의 의자 언저리에서 반걸음쯤 뒤로 물러나 앉아 계시곤 해서 더 그렇게 보였는지도 모른다.

그러나 할아버지는 언제나 한결같이 그렇게 계셨다.

"거기 아줌마, 여기 좀 앉았다가 가."

나는 언제나 카페 멤버들을 힐끔거리며 지나가곤 했는데 오늘은 제대로 걸린 것 같았다.

'아휴, 시간 없는데. 길어지지 않길.' 누구도 나를 기다리지 않고 딱히 정해진 할 일도 없는데 나는 습관처럼 시간이 없다고 생각했다.

"여기 앉아서 커피 한잔 마셔."

할머니들은 앉아 있어서 키를 가늠할 수 없었지만 서 있다 하더라도 150센티미터 언저리일 듯했다. 돌아가신 우리 엄마를 생각해 보면 앉은키나 선키나 별 차이가 없는 게 키 작은 보통 할머니들이었다. 앉아 있을 때 허벅지와 가슴이 거의 붙은 상태면 틀림없다. 카페 할머니들도 그랬다.

할머니의 권유에 따라 앉을 자리를 찾았으나 의자가 없

었다. 그러자 할아버지가 엉거주춤 일어서려는 눈치였다.

"할아버지, 스톱. 그냥 앉아 계세요. 전 금방 가야 돼요."

난 기회다 하고 할아버지를 제지했다.

"그냥 여기 끼어 앉아도 되는데…… 커피 한잔해."

보라색과 분홍색과 반짝이가 영롱한 겉옷을 입은 할머니가 궁둥이를 옆으로 밀며 내게 자리를 만들어 주려 했으나 너무 좁았다. 내가 손사래를 치며 사양하자 할머니는 종이컵에 봉지 커피를 뜯어 넣고는 보온병의 물을 졸졸 따라 내밀었다.

"여기 B단지 살아? 처음 보는 얼굴이네."

흰색 바탕에 하늘색 구름이 동동 떠 있는 스웨터를 입은 할머니가 나를 찬찬히 보며 물었다.

"아니요, 전 A단지요. 처음 뵙겠습니다. 매일 지나다니기만 했는데요."

나는 선 채로 정중하게 인사를 했다. 그러자 예의 보라색 분홍색 비즈 할머니가 반색을 하며 물었다.

"그래? 아, 그러면 이 할머니 알겠네. A단지 발발이라고. A단지 살면서 이 할머니 모르면 간첩이지."

나는 다른 걸 다 떠나서 '발발이'란 말에 깜짝 놀랐다. 그 단어는 언제부터인가 특정 행위를 하는 범죄자에게 붙여진 별명을 연상시켰다. 물론 여기저기 발발거리고 다닌다는 의미를 모르는 바는 아니었으나.

'세상에, 별명을 바꾸셔야지 발발이가 뭐야. 에구, 알려 드릴 수도 없고.' 혼자 속으로만 생각하고 있는데 발발이 할머니가 나섰다.

주홍색 블라우스에 도트 무늬가 있는 파란색 겉옷을 입고 진주 목걸이를 두 줄로 두른 발발이 할머니는 보기만 해도 현기증이 날 정도로 컬러풀했다. 거기에다가 꽤 짙은 색 동그란 선글라스를 쓰고 있었다.

"우리는 여기에만 있지 않아. 일주일에 한 번씩은 전철 타고 춘천도 가고, 모란 5일장 구경도 가고 에버랜드도 가서 놀다 오지. 경동시장에도 한 번씩 나가 보고. 동대문이나 남대문은 뭐 수시로 가지. 거기 먹을 것이 많잖아?"

발발이 할머니는 마치 멤버들을 이끌고 다니는 듯했다. 이 노인들의 보스가 틀림없었다. 얼른 보기에도 다른 할머니들은 발발이 할머니를 극진히 대우하고 있었다. 나이는 거기서 거기 같아 보였으나 발발이 할머니의 아우라는 남달랐다.

"늙었다고 집에만 있으면 아프기만 해. 자꾸 다녀야지. 다리 성할 때 못 다니면 언제 다니겠어, 안 그래? 우리 옆집 봐 봐. 맨날 집에서 그 뭐냐. 끌고 다니는 유모차, 그거 밀고 식당에 겨우 다녀오는 게 다야. 여기라도 같이 오자고 하면 싫대."

발발이 할머니의 말에 좌중은 모두 고개를 끄덕이며 동의했다.

난 갑자기 이 모임의 유일한 남성 멤버인 할아버지가 궁금해졌다.

"그런데 할아버지도 여기 B단지 사시나요?"

누구 남편이냐고 단도직입적으로 묻기 쉽지 않았다.

"아냐. 이 양반은 저기 다른 동네 아파트 사시는 노인인데 맨날 여기 놀러와."

분홍색 보라색 비즈 할머니가 대답했다. 나는 또 한번 놀랐다. 도대체 이 조합은 뭐지?

"전에 모란 장 갔다가 만났는데 같은 정류장에서 내리더라고. 그래서 어디 사냐 그랬더니 우리 아파트 밑에 저기 아파트 있지? 오래된 거. 거기 사신다고 해서 같이 놀자고 했어."

내 턱 밑에 앉아 있던 그중 가장 연로해 보이는 할머니가 할아버지 대신 대답했다.

"아, 네. 그러시구나."

난 받은 커피도 다 마셨고 집에도 가야 해서 인사하고 돌아서려고 했다.

"거 아줌마도 여기 나오지 그래? 이번 주에는 수원 화성에 갈 건데?"

구름무늬 스웨터 할머니가 진심으로 내게 권했다. 이게 무슨 일?

"감사하지만 제가 일이 좀 있어서요."

꽁무니를 빼도 한참 빼야 할 일이었다.

"그렇지. 젊은 사람이 우리랑 다니겠어?"

구름무늬 스웨터 할머니는 다소 아쉽지만 이해한다는 어조였다.

"그건 아니구요⋯⋯."

내 궁색한 변명을 듣기도 전에 발발이 할머니가 웃으며 말했다.

"그래. 다 사는 방법이 다르니까. 우린 친구랑 같이 다니는 걸 좋아해서 그러는 거야. 인생이 별거야? 내가 세계 구석구석을 다 다녀 봤는데 어디가 제일 좋았냐 하면 말 통하는 친구들하고 다닌 데였어. 난 지금 여기 이 사람들이 좋아. 우리가 살면 얼마나 살겠나? 그나마 건강할 때 옆에 있는 사람들하고 같이 지내는 게 최고지. 내 옆에 있는 사람이 최고야. 그게 누구든.”

순간 발발이 할머니가 다시 보였다. 할머니의 아우라는
특이한 차림의 외모가 아니라 그의 마음에서 빛나고 있었
다. 나이도 환경도 성별도 상관없이 친구가 되어 세상을 구
경하는 게 남은 삶의 즐거움이 되어 있는.

곁의 누구와도 친구가 되는 그의 자유에 난 경례를 붙
여 경의를 표하고 싶었다. 비록 난 아직 친구가 될 생각은 없
었지만.

‘생각보다 멋진 노인이 많구나. 이곳엔.’

노인들과 헤어져 돌아서는데 그들의 옷만큼이나 다양
한 웃음소리가 끊이지 않고 들려왔다.

기타 동호회에 들어간 남편

우리집과 같은 층에는 마작실과 바둑실이 있다. 복도의 한 가운데에 있기 때문에 식당에 가거나 재활용 쓰레기를 버리러 갈 때면 꼭 거쳐야 하는 곳이었다. 그곳은 늘 할아버지들로 붐볐고, 언제부터인가는 할머니 한두 분도 보였다. 봉지 커피를 뜨거운 물에 부어 마시는 모습은 보기에도 달달했다.

얼마간은 그냥 지나다니다가 어느 날 남편 생각이 났다. 남편은 단지 안의 헬스장에 가는 것 외엔 집밖에 나가지 않는 집돌이였다.

'치매에 안 걸리려면 머리를 써야 할 것 같은데.' 궁리를 하다가 남편에게 물었다.

"당신, 바둑은 두어요?"

"오목은 하지. 알까기하고."

"그럼 마작은요?"

"그거 노름 아냐? 어렸을 때 우리 동네에 마작하다가 패가망신한 집이 있었는데?"

"내가 지나다니다 보니까 마작이 두뇌 게임 같던데? 칠판에 막 계보 같은 것도 어려운 말로 씌어 있더라고요."

바둑이고 마작이고 까맣게 모르기는 남편과 매일반이었지만 남편이 모른다는 게 괘씸했다.

"아니, 아파트에 동호회 많다고 사람들한테 자랑만 하지 말고 어디 하나 해 봐요. 맨날 집에만 있으면 어떡해?"

내 또래의 여자들은 안다. 은퇴한 남편과 온종일 집에 함께 있어야 하는 게 어떤 것인지. 그 영향이었을까? 어느날 남편은 기타를 들고 나갔다. 남편에게 기타는 목수의 연장같이 잘 어울려서 어딜 들고 가도 자연스러웠다. B단지에 사는 최 사장의 연습실에 가는 것일 수도 있었다. 최 사장은 아파트에서 차로 20분쯤 떨어진 곳에 컨테이너를 갖고 있었는데 그곳에서 기타를 치거나 색소폰을 분다고 했다. 최 사장을 만난 뒤 남편도 아주 가끔씩 컨테이너에 가곤 했다.

"여보, 나 회장 됐어. 거 참."

두어 시간 후에 들어온 남편은 현관문을 닫자마자 기타를 자리에 세우며 말했다. 기타 동호회에 다녀오는 길이라고 했다.

"가자마자 회장이 뭐예요? 되게 웃기네."

점심시간인데 식당에서 밥이라도 먹고 오지 그냥 왔나하는 생각에 잠시 짜증이 났지만 궁금한 일이었다.

"글쎄 말야. 이전 회장이 죽었대. 그런데 남자가 나 하나고 내가 제일 젊다고 할머니들이 날더러 하라고 하네."

"헐, 왜 하필이면 회장이 죽은 델 갔대?"

"그러게."

내 질문도 이상했지만 남편의 대답도 평범하지는 않았다.

"그런데 회원들이 장난 아냐. 총무님은 85세 할머닌데 이번 달은 손녀를 봐주러 가야 해서 못 나온다네? 또 E 할머니는 제사가 있어서 다음 주에는 못 오신다고 하고. C 할머니는 기타가 아직 없다고 신청해야 된대."

남편의 얘기를 듣다 보면 기타를 치려고 모인 사람들이 맞는지 헷갈릴 정도였다.

"도대체 회원이 몇 명인데? 기타를 칠 줄 아는 사람이 있긴 해요?"

"현재로서는 여섯 명인데 두 명은 못 오셨고, 그중 P 할머니가 수준급으로 치신다고 해. 클래식 기타를 하신 분이라고. 연세가 다들 80 중반이야."

그럼 남편은 무엇을 어떻게 해야 하나 내 생각으로는 감이 잡히지 않았다. 여섯 명 중에 두 분은 개인 사정으로 한 달 이상은 빠지고, 한 분은 잘 치시는데 한 분은 기타도 없고…… 그럼 한 분은 누구지? 내가 궁금할 일도 아닌데 궁금했다.

"아휴, H 할아버지가 문제야. 이분은 기타를 잡아 본 적도 없고 할머니는 파킨슨병을 앓고 계셔서 생활이 복잡하시다네. 그런데 기타라도 배워야 살 것 같다고 오셨는데."

난 갑자기 남편이 걱정되었다. 나의 베짱이 남편은 그냥 기타 치고 노래하는 걸 좋아할 뿐 회장님 같은 자리를 맡으면 스트레스를 받는 스타일이었기 때문이다. 말하자면 맡겨진 일을 잘하고 못하고를 떠나서 대강, 적당히 넘어가기를 못하는 사람이었다.

아니나 다를까, 그날 이후로 남편은 바빠졌다. 일주일에 두 번씩 모이는 동호회는 출석 반, 결석 반이었지만 남편은 꾸준히 악보를 인쇄해서 가져가곤 했다. 뿐만 아니라 H 할아버지를 위해서 유튜브에서 '초보 기타 교실'을 검색해 링크를 보내 드리곤 했다.

한번은 남편이 부탁한 가요 악보를 갖다 주려고 기타 교실에 갔다. 할머니 세 분과 할아버지 한 분이 계셨는데 기타 소리는커녕 재미있는 이야기 소리만 들렸다. 할머니들은 한결같이 고우셨다. 그중 한 분이 내게 다가와 말을 걸었다.

"아유, 사모님이시구나. 말씀 많이 들었어요. 산에만 가신다고요."

남편은 나를 산에만 다니는 여자라고 소개한 것이 분명했다. 실버아파트의 그 어느 동호회나 모임에도 참여하지 않고 아파트 밖에 있는 산에만 줄창 다니는 아웃사이더라고.

"저는 집사람 때문에 먼저 가 봐야겠어요."

파킨슨병 할머니의 남편인 듯한 분이 부스럭거리며 일어섰다. 나머지 할머니 세 분은 웃으며 할아버지를 배웅했고 남편은 내게 건네받은 악보를 할머니들에게 나눠 드렸다.

기타 교실을 나와 집으로 향하는데 익숙한 선율이 뒤따라왔다. 「알함브라 궁전의 추억」이었다. 아마도 클래식 기타 할머니가 연주를 시작한 모양이었다. 나는 멈춰서 쓸쓸하지만 달콤하고 서글픈 멜로디를 다 들었다. 공연히 가슴이 울렁거리고 눈물이라도 날 것 같았다. 발걸음을 옮기는데 이어서 부드러운 소프라노가 기타 선율에 맞춰 흘러나왔다.

"웃음 짓는 커다란 두 눈동자, 긴 머리에 말없는 웃음이……."

내가 가져다준 악보의 노래였다.

한참 후에 집에 돌아온 남편은 그런 얘기를 했다.

"총무님은 손가락이 너무 짧고 기타를 안고 있기가 힘들어서 보컬만 하시기로 했어. 목소리가 아주 좋으시더라고. 그리고 H 할아버지는 유튜브 보실 줄 모르신대. 그냥 오신대. 아휴, 기타 동호회가 아니라 그냥 동호회야. 이런 회장은 그만둬야 하는데."

남편은 진정으로 이 모호한 동호회의 회장을 그만두고 싶을 것이다. 무엇보다 기타를 치러 갔는데 기타를 치지 않는 날이 많았다. 그러나 어쩌랴. 이미 시작되었는데.

"회장은 죽어야 그만두는 거 아닌가?"

남편이 회장이 되었던 첫날을 상기하며 말했다.

실버아파트의 기타 동호회는 그랬다. 기타를 치러 모였지만 기타보다는 노래와 사람을 만나러 온 사람들이었다.

카페의 두 여인

빵을 사러 카페로 들어섰을 때는 오전 10시가 조금 넘어 있었다.

실버아파트 단지 내의 카페는 11시만 되어도 쟁반이 대부분 비어 버렸다. 노인들은 아침으로는 토스트용 식빵을, 간식으로는 소보로나 팥앙금이 들어 있는 단팥빵을 선호했다. 그 선호도는 나도 같았으나 게으른 나는 자주 헛걸음치고 그냥 돌아서곤 했다. 그래서 대개는 인기 없는 먹물빵과 치아바타만 내 차지가 되었는데 오늘은 단팥빵을 사고 싶어서 결심하고 부지런을 떨었다.

점심시간 이후에는 거의 만석인 카페는 아직 한산했다. 할아버지 한 분이 유리벽 쪽에서, 할머니 두 분은 출입문 쪽에서 커피를 마시고 있었다. 할아버지는 한 손에 커피 잔을 들고 다른 손으로는 테이블 위에 놓인 스마트폰을 터치하며 열심히 보고 있었다.

할머니 두 분 중 한 분은 은회색 머리였고 한 분은 눈에 띄는 보라색 염색머리였다. '저런 보라색 머리는 연예인들 이나 하는 건 줄 알았는데. 와!'

흘깃거리며 할머니들을 보니 세련된 옷매무새에 화장 까지 곱게 하고 커피를 사이에 둔 채 앉아 있었다. 카페에는 가벼운 클래식이 흘렀다. 나는 수면 바지를 입고 슬리퍼를 끌고 온 것을 후회했다. 머리카락까지 제멋대로 아우성치니 더러운 강아지 꼴이었다.

그래도 목적은 단팥빵이었기에 남아 있는 두 개의 단팥 빵과 하나의 소보로빵을 들고 카운터로 향했다. 그러나 카 운터 직원은 어디에 갔는지 없었고 난 결제 카드키를 들고 엉거주춤 서 있었다.

그때 갑자기 싸우는 듯 격한 여자들의 목소리가 뒷머리 를 울렸다.

"뭐야? 니가 뭔데 그렇게 말해. 그럼 안 되는 거지."

"그럼 너는, 너는 뭐가 잘났는데. 무슨 말을 그렇게 본디

없이 하냐?"

목소리는 카페를 울릴 정도로 컸고 이건 무조건 싸우는 소리였다. 깜짝 놀란 나는 흠칫 뒤를 돌아보았다. 뒤의 풍경은 아까와 다름이 없었다. 할아버지는 여전히 스마트폰에 집중하고 있었고 할머니 두 분은 앉아서 커피를 마시는 중이었다.

마침 문이 열리면서 다른 할머니 세 분이 들어와 구석진 곳에 자리를 잡고 있었다.

'뭐지? 분명 누군가 싸웠는데?' 커피를 마시던 할머니 두 분이 의심스러웠지만 심증일 뿐 물증이랄 것이 없었다. 난 다시 카운터에서 서서 직원을 기다렸다. 직원은 얼른 돌아오지 않았다.

"그러게 누가 그래? 누구한테 들었어? 미친 X!"

"입은 삐뚤어져도 말은 바로 하랬다고, 누가 누구한테 미친 X이래? 젠장!"

난 이번엔 돌아서지 않았다. 분명히 소리는 저 두 할머니한테서 나왔다. 이게 무슨 상황이람? 아무리 생각해도 싸우는 분위기는 아니었던 것이다. 누가 싸움질하려고 화장 곱게 하고 옷 챙겨 입고 아침부터 카페에 온단 말인가? 더욱이 실버들이 주로 드나드는 카페에서 커피를 앞에 놓고 두 할머니가? 뭔가 좀 이상했다.

그때 자신들을 등지고 선 나에게 하는 소리가 분명한, 할머니의 상냥하고 부드러운 목소리가 들렸다.

"아마 화장실 갔나 봐. 이제 올 거예요."

"아, 예. 그래요?"

나는 할머니들에게 목례를 보내며 고맙다는 표시를 하려고 뒤돌아섰다. 그런데 믿지 못할 광경이 벌어졌다. 보라색 할머니가 눈을 부릅뜨고 은회색 할머니에게 삿대질을 하며 소리를 지르는 것이다. 분명 사이좋게 커피 마시던 그들이었다!

"뭐라고? 이 노인네가? 말 좀 곱게 해!"

"누가 누굴 보고 노인네래? 너 몇 살인지 까먹었어? 이런 버르장머리!"

눈앞에서 벌어진 일을 보고 난 눈을 비볐다. 믿기 어려운 일이었지만 그렇다고 가만히 있을 수는 없었다.

"할머니, 왜 싸우세요? 진정하세요."

어렵게 구한 단팥빵과 소보로빵을 카운터에 내버려둔 채 그들에게 다가갔다. 할머니들이 걱정스러워 끼어들 수밖에 없었다.

그런데 나의 걱정이 무색하게, 아니 내 말이 끝나기도

전에 그들은 아무 일 없다는 듯이 다시 커피를 마시기 시작했다.

이상해진 건 나였다. 나 또한 머리가 희끗한 이곳 주민으로 식당과 카페를 종종 이용해 왔는데 오늘의 풍경은 너무 낯설었다.

그때 마침 카페 직원이 들어와 계산을 해 줬고 난 아주 작은 소리로 물었다.

"저 할머니들 싸우신 것 맞죠?"

직원은 눈웃음 치며 일상이라는 투로 대답했다.

"맨날 저러세요. 싸우시는 건 아녜요. 놀라셨죠?"

계산을 마치고 카페를 나오려는데 할머니들이 또 시끄러웠다. 그냥 지나치기에는 궁금증이 너무 부풀어서 난 할머니들에게 돌아섰다.

"할머니, 왜 그러세요?"

잘못하면 오해받을 만한 질문이었겠으나 나는 목소리를 최대한 낮고 부드럽게 했다.

그러자 방금 전의 노발대발한 목소리는 어디 가고 내게 카페 직원의 상태를 알려 주던 편안하고 굴곡 없는 목소리가 들려왔다.

"아니요. 우리가 싸운 건 아니고 서로 말하는 태도가 달라서 그래요. 이상하게 이 할머니하고 얘길하면 부아가 돋는데 그렇다고 싸우는 건 아녜요."

"그럼요. 우린 매일 같이 커피 마시러 와요. 친구예요. 싸우는 게 아니라 말투가 그래요."

'이건 무슨 일? 여긴 어디?' 갑자기 현실감이 상실되었다. 그러나 정신을 놓을 수는 없지 않은가.

"아, 그러시구나. 예. 맛있게 드세요."

단팥빵 두 개와 소보로빵 한 개를 양손에 쥔 채로 할머니들에게 인사를 하고 뒷걸음치듯 카페를 빠져 나왔다.

카페에는 몇 명의 노인들이 더 있었지만 그들은 할머니들이 소리를 치든 싸우든 신경을 안 쓰는 분위기였다. 친구들과 차나 커피를 마시고 담소하다가 할머니들 소리가 커지면 한 번 쓰윽 쳐다보는 것이 고작이었다. 그리고 할머니들도 소리를 한 번씩 지르고 나면 바로 진정되었다. 일반 카페에서는 도저히 볼 수 없는 광경에 난 조금 멍해졌다.

그렇지, 여긴 실버 카페지.

웬만한 일들은 그러려니 넘어가는 부분이 많은 사람들의 세계에 내가 살고 있었다. 복인지 화인지.

식당 풍경

"오늘 메뉴는 생선가스니까 같이 먹으러 가지 그래?"

남편이 조심스럽게 물었다. 손에는 일주일 치 식단표가 들려 있었다. 내가 식단표를 모바일로 다운받아 줘도 남편은 종이로 들여다보길 좋아했다.

식당에서는 일주일간의 세끼 식단을 짜서 매주 입주민들에게 제공했다. 우리나라 가정식의 큰 틀에서 벗어나는 경우는 드물었고 가끔 서양식이나 중식이 제공되는 정도였다. 그러니 집에서도 밥을 잘 안 먹는 남편이 식당이라고 해서 밥을 엄청나게 잘 먹는 일은 없었다.

나는 남편보다도 더 잘 안 가는 편이었고, 남편은 특식이 나온다고 생각되는 날 이런 식으로 나를 초청했다. 남편과 나는 식성이 크게 달랐다. 남편은 전형적인 한국인 농촌 남성의 식성이었고 나의 입맛은 퓨전이 더 좋은 젊은 세대들과 닮아 있었다. 그래서 아이들은 놀리곤 했다.

"엄마 입맛은 초딩이야."

하여튼 남편의 초대로 식당에 갈 때마다 식당 풍경은 한결같았다. 식당은 매우 크고 쾌적했으나 식판을 들고 배식받는 분위기는 마음에 들지 않았다. 물론 원하는 만큼 반찬을 더 가져갈 수도 있고 노인들이 좋아하는 누룽지가 항상 준비되어 있기는 했다. 하지만 딱 그만큼이었다.

식후 식판 처리는 각자가 알아서 해야 했다. 식판을 제대로 옮기기 힘든 노인은 음식 수레를 이용했다. 그러니까 식당은 건강한 노인들 중심이었고 몸이 불편한 노인들은 따로 도움을 받아야했다.

몇 주 전엔가 오랜만에 식당에 갔는데 우리 옆 테이블에 곱게 늙은 할머니 한 분이 식사를 하고 계셨다. 별일 없이 밥을 먹는데 그분이 일어나려는 느낌을 받았다. 고개를 돌려 보니 한 손으로 식탁을 짚고 또 다른 손으로는 빈 밥공기를 들었는데 손이 심하게 떨렸다.

나는 밥을 먹다 말고 할머니 쪽으로 돌아서서 그릇을

받아들었다. 그릇 속에는 누룽지 밥알이 약간 남아 있었다.

"할머니 제가 뭘 갖다 드릴까요?"

할머니는 미안해하는 표정으로 힘없이 짧게 얘기했다.

"누룽지, 국물만 좀 가져다 줄래요? 영 입맛이 없네."

그릇을 받아들고 할머니의 식판을 내려다보니 음식에 거의 손을 대지 않은 상태였다.

"제가 누룽지 갖다 드릴게요. 그런데 식사를 하셔야지. 하나도 안 드셨네요."

나의 걱정에 할머니는 고맙다는 말을 연발하면서 입맛이 없어 영 먹을 수가 없다고 했다. 어제까지만 해도 다 맛있게 먹었는데 이상하다면서. 할머니의 그릇에 누룽지 국물만 넉넉하게 담아서 갖다 드렸더니 그저 국물만 후후 불어서 조금 드시고는 일어서려고 했다. 걸음도 편치가 않아서 옆에는 워커가 놓여 있었다.

"제가 나머지는 치워드릴게요. 그냥 가세요."

"직원이 치우면 되는데…… 아유 미안해요. 고마워요."

할머니는 성긴 걸음으로 쭈뼛거리며 천천히 워커를 밀고 식당을 나갔다. 식사를 다 끝내고 싹 비워진 나의 식판과 하나도 건드리지 않아 그대로인 할머니의 식판을 들고 퇴식구로 향하는데 마음이 무거웠다.

나는 잘 먹는구나, 아직은. 그러다가 언제 나도 음식을 남기게 될까를 나도 모르게 생각하고 있었다.

어느 날 저녁 식사 시간에는 할아버지 한 분이 테이블에 엎드려 있었다. 놀란 남편이 할아버지에게 다가가서 살펴보니 할아버지는 식사를 마치고 잠들어 있었다. 다 먹은 식판을 처리할 사이도 없이 식곤증을 견디지 못하고 그 자리에서 잠들어 버린 것이다. 아마도 집까지 걸어가서 주무시기엔 너무나 졸렸던 것이리라. 남편의 기척에 할아버지는 빙긋 웃으며 아무렇지 않게 식판을 들고 퇴식구로 향했다.

물론 이런 할머니, 할아버지도 있지만 대개 식당의 분위기는 편안하다. 혼자인 분들이나 부부나 모두 편안하게 식사를 한다. 혼자 먹는다고 해서 특별히 외로워 보이지도 않는다. 혼자인 분이 많고 혼자인 것이 아무렇지 않은 곳이기 때문이다. 노인들의 실제적인 필요가 채워지는 위로의 공간인 식당은 중요하고 소중할 수밖에 없다. 그 가치를 식당 운영자들이 알아 주면 얼마나 좋을까마는.

하여튼 아직까지 나는 식당에 가는 일을 즐거워하지 않는다. 그건 아마도 나의 미래 모습을 당겨서 보고 싶진 않아서이리라.

꽃 부부

내가 누리는 하나의 호사가 있다면 아침에 남편이 내려 준 커피를 들고 창가에 서서 밖을 내다보는 일이다. 그럴 때면 남편은 눈치를 보며 슬금슬금 방으로 들어가 버린다. 습관처럼 중얼거리는 내 혼잣말 때문에.

"사람이 땅에서 살아야지. 언제까지 이 공중에 매달려 살아야 하나…… 결국 여기서 죽겠군."

남편 들으라고 의도한 바는 아니지만 남편에게 하는 소리는 맞았다. 여전히 나는 아파트, 특히 실버아파트에 적응하지 못하고 있었으니까.

"저기 멋쟁이 할머니 할아버지 내려오시네. 오늘은 패션이 핑크야."

이 한마디에 남편은 기다렸다는 듯 얼른 거실로 와서 함께 그 광경을 봤다.

"정말 저렇게 늙어야 하는데. 오늘은 분홍색 꽃이 걸어오시는 것 같네."

나는 그 노부부를 매일 봤다. 그들은 매일 산에 갔고 나는 매일 커피를 마셨으며, 나의 커피 자리에서 그들의 동선이 빤히 내려다보였기 때문이다.

그렇게 눈으로만 보던 부부를 직접 만난 것은 A단지 카페에서였다. 가을 직전 늦더위에 입맛이 없어 빵을 사러 들렀는데 그들 부부가 카페에서 커피를 마시고 있었다. 그날 아침에도 연둣빛 등산복을 갖춰입은 모습을 본 터라 반가워서 나도 모르게 말을 걸었다.

"제가 매일 두 분을 뵙거든요? 저희 거실에서요. 너무 좋아 보이세요."

그분들은 나를 반가워했고 자신들의 집과 교회까지 소개했다. 그런데 우연히도 노부부가 다니는 교회 목사의 사모님은 나의 지인이었고, 그 사실에 할머니는 손뼉을 치며 즐거워했다.

할아버지의 부음을 들은 것도 그 사모님을 통해서였다. 두 달쯤 전이었다. 그리고 오늘 아침 사모님의 전화를 받았다.

"저기, 수고스럽지만 2007호 할머니 댁에 좀 다녀와 주시면 안 될까요? 할머니 따님이 출발은 하셨다는데…… 아무래도 우울증이신 것 같아요."

교회가 정신없이 바쁠 일요일이었다. 급한 일은 아니라고 했지만 어쨌든 나는 할머니 댁이 있는 B단지로 달려갔다. 실버아파트 단지 내에서는 거의 볼 수 없는 노인 달리기를 한 것이다. 지나가던 노인들이 흠칫거리며 내게 길을 내주었고 뒤돌아서 나를 구경하기도 했다.

할머니는 잠옷 차림으로 멍하니 앉아 있었다. 방금 사모님의 전화를 받았다며 고맙다는 인사는 잊지 않았다. 적어도 치매는 아닌 듯해서 다행이었다.

"할머니, 교회 가셔야죠. 오늘 주일이잖아요?"

늘 멋쟁이였던 할머니의 무너질 듯한 모습이 안쓰러워서 눈물이 나려고 했다.

"뭘 할 수가 없네요. 그 양반 가시고 나서는……."

할머니는 힘이 하나도 없는 목소리로 간신히 나를 바라보며 대답했다. 나는 할머니를 위로하느라 뭐라고 말은 했으나 그냥 아무 말이 되어 버렸다.

그래도 할머니는 느리게나마 푸념하듯 자신의 삶을 풀어 놓았다.

할머니는 평생 한량으로 가정을 돌보지 않은 남편 대신 스스로 가계를 꾸려나가야 했던 독립적인 여인이었다. 할아버지와는 애당초 깊은 정도 없었고, 지병으로 죽을 날도 받아 놓은 터라 크게 상심하지도 않았단다. 그러니 내가 아침마다 봤던 꽃 부부는 모양만 꽃이었는지 모를 일이었다.

그런데 할머니는 왜 어린아이가 되어 버린 걸까? 할머니 인생에 별 도움이 안 되었던 남편을 먼저 보내고 그저 담담했는데, 무엇이 할머니를 기억 저편의 세계로 돌려 놓았을까? 혹시 노인성 우울증인가?

"정말 갓난아기처럼 뭘 할 수가 없네요. 저도 이해가 되지 않아요. 밥도 먹을 수가 없고 화장품을 바를 수도 없어요. 옷도 입지 못하겠으니 어떻게 교회를 가겠어요? 정말 아무것도 못하는 바보가 됐어요."

그래도 식사는 하셔야 할 것 같아 식당에 모시고 가려 했으나 일어서질 못했다. 놀랍게도 걸음마를 잊은 아이 같았다. 결국 모든 것을 포기하고 그저 가만히 있을 때 할머니의 딸이 혼비백산하며 도착했고 난 조용히 자리를 떴다.

꽃 부부가 나란히 걷던 그 길을, 나의 커피 자리에서 너무도 빤히 보이는 그 길을 걸어 내려오며 우리집을 올려다 보았다. 창가는 비어 있었다.

만일 할아버지가 아닌 할머니가 돌아가셨어도 할아버지의 두 팔이 늘어졌을까? 그의 두 다리가 걷는 걸 잊어버렸을까?

나는 어떨까? 이젠 아침마다 꽃 부부를 볼 일이 없으니 남편을 꽃 보듯 보며 커피를 마셔야 할까?

글쎄.

아파트 내놓읍시다

이사를 하고 여섯 달이 지났을 무렵이었다. 새로운 곳에 금방 적응하는 체질은 아니었지만 실버아파트는 좀 달랐다. 쓰레기 처리를 위해 문 밖을 나갈 뿐 거의 바깥 출입을 하지 않는 나를 남편은 다소 불안해했다. '저 마누라는 또 무슨 생각을 하고 있는가.'

    당시 나는 식당에 딱 한 번 갔을 뿐이고 시설이 좋다는 사우나에는 아예 출입도 안 했다. 영화 감상이고 라인댄스고 아파트 내의 그 많은 모임들에도 무관심했다. 물론 남편을 따라 아파트 단지 내에 아름답게 조성된 정원 구경도 했고 둘레길 수준의 멋진 산책로를 두어 번 다녀오긴 했지만 그마저 더는 않겠다고 선언했다.

"노인들이 많아서 싫다는 건데…… 여보시오, 여긴 실버아파트 아닌가."

남편은 나를 실버포비아라고 했다. 우리 또한 노인이고, 실버아파트의 주인들과는 단지 조금의 차이만 있을 뿐 거의 같은 그룹이라며 확인 사살을 하곤 했다. 물론 나는 전혀 동요하지 않고 내 루틴을 지켰다.

남편은 혼자 식당에 가서 밥을 먹고, 혼자 헬스장에 가고, 혼자 소그룹 모임에 나가곤 했다. 아내를 동반하기 좋아하는 성격이라 나도 웬만하면 같이 하려고 했지만 싫었다.

'나는 왜 이 현실을 받아들이지 않는가. 내가 늙었다는 그 현실.' 답을 찾을 수 없었다. 그냥 이곳을 벗어나고 싶었다.

"우리 아파트 내놓읍시다."

드디어 나는 남편에게 선전포고를 했다. 남편은 한동안 나를 쳐다보더니 부동산에 연락하라고 했다.

나는 우리집을 중개한 부동산에 전화를 했고 그 젊은 사장은 난감한 목소리로 '사모님이 적응이 안 되시는군요.'라며 이사는 할 수 있으나 비용이나 수고를 따졌을 때 너무 손해가 크다고 했다.

당연했다. 그것을 모르는 바 아니었으나 어떻게든 돌파

구를 마련하고 싶은 심정이었다. 그러면서 마음 한구석에서는 스스로를 비난하고 있었다. '6개월 만에 이사라…… 정신 좀 차리시게.'

차선책으로 동네를 구경 다니기 시작했다. '다른 데 못 갈망정 구경이라도 하자. 여길 벗어나서.'

남편은 성의껏 동네 구경에 함께해 주었다. 제일 먼저 예쁜 단독주택들이 늘어선 동네를 기웃거렸고 커다랗고 평평한 공원을 끼고 있는 고급 빌라들도 들여다보았다. 도서관이며 우체국, 대형 마트도 돌아다녔다. 카페에 들어가 철 이른 빙수를 먹으며 덜덜 떨고, 달달한 와플 조각을 들고 돌아다니며 먹기도 했다. '로맨스 그레이'처럼 보일 만도 했으나 속이 시끄러운 커플이었다.

"그래도 한 2년은 살아 봅시다. 그래야 세금 부담 없이 팔 수도 있고."

동네 구경을 같이 다니다가 지친 남편은 틈만 나면 내게 부탁을 했다. 그러나 난 확고했다. 어쨌든 이곳을 떠나는 게 목적이었다.

"아니, 난 이사를 갈 거야. 여기보다 좋은 데를 찾는 게 아니라 실버가 아닌 데를 찾을 뿐이야."

더욱 강화된 선전 포고로 남편과 나는 냉전에 돌입했

어쩌다 실버아파트로

다. 실버아파트가 싫다고 징징대는 나와 실버아파트를 너무 좋아하는 남편 사이의 전쟁은 예고된 것이었다. 나는 기어코 부동산에 우리 아파트를 매물로 내놓았다.

그러나 이 전쟁은 코로나와 부동산 정책과 인플레이션 때문에 선전 포고로 끝나고 말았다. 부동산 거래 냉동기가 시작되었기 때문이었다.

'참으로 글로벌하게 나의 탈출을 막는구나!'

그때부터 실버아파트 뒤의 먹산을 오르기 시작했다.

아파트가 팔릴 기미는 없고 단지 내 산책도 싫어라 했던 내게 먹산보다 나은 선택지는 없어 보였다. 바로 등산용 스틱을 주문했다.

'그래, 산이 낫겠다. 나무랑 지내는 게 나을 거 같아.'

2장

실버아파트의 주민들

실버 전용 산

이사한 지 여섯 달 만에 다시 아파트를 내놓을 만큼 나는 실버의 세계에 적응을 못했다. 식당의 음식이 특별히 나빠서도, 동아리 활동이 맘에 안 들어서도 아니었다. 이 아파트 전체에 흐르고 있는 실버들의 분위기에 스며들지 못한 것이었다. 다른 말로 하면 나는 아직 내가 실버라는 실감을 하지 못한 채 이방인처럼 살고 있었다.

그럴 때마다 찾은 곳이 먹산이었다. 먹산은 우리 아파트 등허리 쪽을 두르고 있는 산줄기의 정상에 있는 산이다. 산줄기의 중간쯤을 깨뜨려 새로 지은 것이 내가 사는 실버 아파트였다. 그래서 아파트 어디서든 산이 보였고 등산을 하기에도 접근성이 아주 좋았다.

먹산은 건설사에서 이 산줄기 중 얼마를 내놓으라고 지 자체에 협박하고 꼬드기지 않았나 싶을 정도로 실버아파트에 딱 맞는 산이었다. 산세가 순하고 흙의 성질이 부드러워 걸을 수 있는 노인이라면 누구나 등산이 가능했다. 꼭대기까지 올라가도 230미터가 채 되지 않는 산은 내 걸음으로 한 시간 반이면 충분히 다녀올 수 있었다. 거기에다 짙은 솔숲이 있는 늙었지만 품위 있는 산이었다.

사실 먹산은 내가 부르는 이름이다. 산에 오면 먹의 은은한 향과 순전한 무채색이 느껴져서 그 이름을 붙여 주었다. 멀쩡한 세 음절짜리 제 이름이 있긴 하지만, 그래도 이름에서 자음과 모음을 하나씩 가져와 지은 이름이니 산도 마냥 낯설지는 않을 것이다.

먹산은 언제나 평안하고 아름답다. 폭우가 쏟아지는 여름이나 눈에 나뭇가지가 꺾이는 겨울이나 먹산이 화내는 걸 본 적이 없다. 아주 가끔씩 앓을 때가 있긴 하나 곧 아무렇지 않게 회복한다. 더욱이 매일 새 단장을 하는 듯 조금씩 다르니 얼마나 대단한가.

그래도 산인데 위험하지 않느냐고 생각할 수 있지만 주워들은 얘기로는 등산용 지팡이 하나면 충분했다. 때로 유기된 개가 나타나고 우리를 탈출한 아기 곰이 있을 수 있으니 지팡이를 휘두를 수는 있어야 한다고 했다. 지팡이를 휘젓는다고 그 짐승들이 도망갈지는 알 수 없으나 얼마 전 커다란 유기견을 만난 분의 체험담이니 믿는 수밖에 없었다. 또 비가 오고 나면 제 구멍을 찾아가지 못한 뱀이 있기도 하니 땅을 탁탁 치며 걸어야 뱀이 알아서 숨어 버린다고, 고라니가 나타나기도 하는데 고라니는 제가 먼저 놀라서 도망가니 별로 신경 쓸 일은 아니라고도 했다.

가장 무서운 것은 사람인데 그 사람이 다 노인들이어서 걷는 데에 집중할 뿐 딴생각 품는 일은 없다는 것이다. 그러니 얼마나 좋은 산인가.

이렇게 이름도 제 마음대로 지은 먹산에 대해 장황하게 설명하는 이유는 노인들에게 이 산이 아파트만큼 중요하기 때문이다. 실버아파트의 노인들은 대부분 아파트와 먹산 사이에서 살아간다. 그들이나 나나 삶의 범위가 그랬다.

나는 거의 매일 먹산을 올랐고 비슷한 노인들을 마주쳤다. 그들은 대개 우리 아파트의 주민들이었는데 놀랍게도 몇 마디 주고받다가 바로 전화번호를 교환하기도 했다. 서로의 번호를 확인하며 좋아하던 그들이 나는 아직 낯설었다. 그러나 부럽기도 했다.

　나에게도 산행 중 우연히 만난 내 또래의 할머니가 있었다. 그녀는 내가 사는 단지의 꼭대기 층에 살고 있다는 소개에서 시작해 자신이 집을 사게 된 사정 등 내가 별로 알고 싶지 않은 이야기들을 성의 있게 소개했다. 그렇게 거의 한 시간을 의도치 않게 함께 걸으며 난 당연히 피곤해졌다. 긴 이야기의 포인트는 매일 아침 10시에 만나 함께 산에 갈 수 있느냐는 것이었다. 나는 규칙적으로 산에 오르지는 못한다고 완곡하게 거절하고 말았다. 그것은 사실이기도 했다. 그래도 그녀는 말미를 남기며 아쉬워했다. 또래가 별로 없는 곳이어서 더욱 그랬을 것이다.

　걷는 데 특별히 어려움이 없는 많은 노인들이 먹산에 올랐다. 그들은 살아온 날들 만큼이나 다양한 이야기들을 바람결에 실어 보내곤 했다. 나는 그런 이야기들을 얻어 들으며 웃기도 하고 하품도 하고 동의도 하며 걸었다. 그래서인지 혼자였지만 혼자가 아닌 것 같았다.

　쓸쓸할 수도 있을 나의 산행을 그렇게 먹산과 노인들은 부드럽고 포근하며 편안하게 받아 주었다.

죽음의 나이

먹산 산책을 끝내고 내려오는 길이었다. 휠체어에 한 할아버지가 타고 있고 그보다 젊은 노인이 뒤에서 휠체어를 밀고 있었다. 이곳에서는 흔한 풍경이다. 대개는 요양보호사가 휠체어를 미는데 그들은 딱 보기에도 부자간이었다.

휠체어에 탄 노인은 초점 없는 눈으로 조는지 자는지 꺼떡거리고 있었고 그 뒤의 노인은 한손으로 휴대폰을 보며 한손으로 천천히 휠체어를 밀고 있었다.

"어…… 어…… 바바바."

알아들을 수 없는 소리를 휠체어 안의 노인이 발음했고 아들은 휠체어를 세운 후 앞으로 가서 노인을 들여다보았다.

"아이고, 아버지. 조금 있다가 드셔야죠."

아들의 말을 미루어 짐작해 보건대 아버지는 배가 고프다는 것 같았다.

"조금 기다리세요. 다 왔어요."

오전 11시였고 아직 식당이 시작하려면 30분은 기다려야 했다.

'아휴 저 노인네는 죽지도 않고 아들을 고생시키는군. 아들도 상노인인데.' 내 일도 아니고 내 아버지도 아니었지만 노인이 이렇게 더블로 있으면 공연히 한숨이 나왔다.

그들을 지나쳐 로비로 들어섰는데 식사를 하기 위해 미리 기다리고 있는 노인들이 삼삼오오 모여 뭔가 이야기를 하고 있었다. 그들 중에 또다른 노인 아버지와 노인 아들이 있었다. 아버지는 여지없이 휠체어를 타고 있었다.

"부친께서 올해 아흔일곱이신데 제가 일흔다섯이에요. 어머니는 돌아가셨고요."

부자 주변의 노인들이 고개를 주억거리며 아는 체를 했다. 아마 일면식이 있는 사이들이지 싶었다.

"그렇지. 요즘엔 며느리가 아니라 아들이 모신대."

"얼마 전에 목욕탕에서 아버지 목욕시키던 분. 내가 그때 알아봤지. 효자야 효자."

머리카락이 하나도 남지 않은 허리 굽은 할아버지가 아는 체를 했다. 목욕탕에서 만났다가 밖에서 다시 만난 것이 아는 체할 만한 일인지 잠깐 혼돈스러웠다. 나라면 좀 부끄러웠을 텐데.

그때 다른 자리에 있던 할머니 그룹이 약간 일렁거렸다. 그리고 그중 한 분이 손으로 입을 가리고 옆의 할머니에게 속삭였다. 민망하게도 그 소리가 다 들렸다.

"남자 목욕탕에 똥이 떠다녔대요. 괄약근이 약하면 탕에 들어가지 말아야지."

"아유, 더러워. 저 노인네라고?"

"아니, 저 양반인지는 잘 모르고…… 하여튼 그랬대."

남자 사우나탕에 대변이 떠 있었단 얘긴 나도 어디선가 들은 것 같았다. 그때도 여론은 그랬다. 괄약근이 약하면 탕에 들어가지 말아야 한다는 것.

난 내 괄약근이 튼튼한지 약한지 알 수 없었다. 사우나에 가 보지 않았으니까. 그런데 앞으로도 가지 말아야겠단 생각을 했다. 혹시 아는가. 여탕에서도 그런 일이 벌어지면 당사자로 내가 지목될지.

로비를 지나 심란한 마음으로 복도에 들어서는데 죽음의 나이를 생각했던 어떤 기억이 떠올랐다. 친정 부모님이 팔순을 넘었을 때쯤이었다. 그 정도 연세면 돌아가셔도 좋겠다고 생각했다. 몸도 정신도 비교적 건강하실 때. 그러나 양가 부모님 중 세 분은 짧게는 6년에서 최장 14년까지 더 사셨고, 시어머니는 팔순이 넘은 지 13년이 지났으나 아직도 돌아가실 기미는 전혀 없다.

이곳에 와서야 내 기대가 얼마나 야무졌던 것인가 생각하곤 한다. 왜냐하면 이곳에서는 80대가 거주민의 대부분을 차지하기 때문이다. 그러나 죽기에 알맞은 나이를 맘대로 생각도 못할 일은 아니지 않은가. 80을 기준으로 한다면 남편은 지금으로부터 10년 뒤에, 나는 14년 뒤에 죽기에 좋을 나이가 된다. 그 뜻을 이룰 수 있을까? 아무래도 어려울 것 같다.

이런 내 생각이 들키면 노인들은 얼마나 섭섭해할까. 분노할 수도 있지. 그리고 정작 내가 80이 되었을 때 여전히 이런 생각을 하고 있을까? 나나 남편이나 너무 오래 살면 딱해서 어찌할 것인가? 안락사 하러 스위스에는 아무나 가나?

궁금하고도 묘한 질문들이 머릿속에서 엉겨 버리다가 한순간 멍해졌다.

아하, 이렇게 치매가 생기는가 보다! 너무나 생각이 복잡해서 도저히 풀릴 기미가 안 보일 때, 가위로 엉킨 실을 싹둑 잘라 버리듯 그렇게.

사막의 여우

사방이 아직 겨울의 무채색으로 싸여 있을 때 먹산에는 진달래꽃이 마치 작은 등불처럼 하나씩 켜지고 있었다. 지나치기에는 너무 환했고 유심히 들여다보기엔 다소 단조로운 꽃이었다. 그런데 일단 눈에 띄면 여지없이 소월의 시 「진달래꽃」이 생각나곤 했다. 그 무렵이었다. 노인을 만난 것이.

  내가 먹산에 오르는 시각은 거의 오후 3시 무렵이었는데, 며칠째 정상에서 같은 노인을 만났다. 그는 늘 가벼운 운동을 잠깐 하곤 조용히 내려갔다. 대개의 남자 노인들이 그렇듯이 이곳의 노인들도 여자에게 먼저 말을 거는 일은 없었다. 나도 말하기를 좋아하는 성품은 아니었으나 매번 만나게 되는 노인을 모른 척하는 것은 예의가 아닌 것 같았다. 그래서 하루는 마음먹고 인사를 했다.

"언제나 이 시간에 뵙네요. 매일 오시나 봐요."

노인은 뜻밖이란 듯 선글라스를 잠시 올렸다가 다시 내렸다. 그는 늘 옅은 녹색의 선글라스를 착용하고 있었다. 잠시 들려진 선글라스로 밑으로 회색빛의 눈동자가 나타났다가 사라졌다.

"예, 늘 3시에서 4시 사이에 올라옵니다."

그렇게 시작된 대화는 노인이 연희동에서 오래 살다 온 것과 그 동네에서 선생을 오래 했다는 것. 그리고 살던 동네의 뒷산을 오르던 습관으로 계속 먹산에 온다는 이야기로 이어졌다.

선생이었단 말에 나는 마치 학생인양 부담 없이 소월의 「진달래꽃」에 대해 주절거렸다. 나라면 절대로 진달래꽃을 연인의 가는 길에 깔아 놓는 짓은 안 할 것이며, 그 따위의 시를 쓴 소월은 남성우월주의의 대표 주자가 아니냐고 떠들었던 것이다.

"그런데 진달래꽃의 화자가 꼭 여자라고 볼 수는 없지 않아요?"

내가 잘난 체하며 이야기하자 3시의 노인이 빙그레 웃

으며 던진 말이었다.

가만, 국어 시간에 배울 때 그렇게 배우지 않았나? 물론 잘 기억나진 않았다. 그렇다면 나는 왜 꽃을 뿌려 놓은 게 여자라고 생각했을까? 사뿐히 즈려밟고 가는 사람이 왜 남자라고 생각했을까? 여자일 수도 있잖아. 에구, 창피해라.

머쓱해진 나는 말머리를 돌려서 『어린왕자』 얘길 꺼냈다. 나는 『어린왕자』를 아주 좋아해서 몇 번씩 읽었는데 원서는 읽을 수가 없었다는. 내가 다니던 학교는 제2외국어 따위는 없던 실업계였단 얘길 했던 것이다. 그러자 3시의 노인은 또다시 빙그레 웃으며 말했다.

"원서로 읽으면 발음의 맛이 있기는 하지만, 번역도 훌륭합니다."

나는 눈이 휘둥그레져서 물었다. 선생님이셨다더니 불문학이요? 노인은 조용히 고개를 끄덕였다. 만남이 희귀할 수밖에 없는 대상이기에 나는 3시의 노인에게 집중했다.

3시의 노인과 나는 『어린왕자』에 대한 이야기를 꽤 많이 했다. 그중에 인상 깊었던 것이 사막에서 어린왕자를 기다리는 여우에 대한 이야기였는데 노인도 나도 그 부분에서 서로 공감하고 즐거워했다. 그런데 『어린왕자』 이후로는 이

야기가 잘 이어지지 않았다. 함께 나눌 주제가 없었던 것이다. 그래도 눈인사하고 안부를 묻는 일이 아주 자연스럽게 반복되었다.

그렇게 날이 지나면서 산의 정상에 올라 3시의 노인을 만나는 것이 당연해졌다. 3시에서 4시 사이면 노인이 와야 했다. 그런데 진달래가 다 질 무렵, 어느 순간부터인가 노인이 나타나지 않았다. 노인은 오랫동안, 거의 한 달이 넘게 오지 않았다. 난 기다리기를 포기했다.

글쎄, 오지 못했는지 모른다. 편찮으신가? 아파트 옆구리의 대형 병원에 입원하셨나? 돌아가셨나? 3시의 노인은 갑자기 아플 수도, 갑자기 입원할 수도, 갑자기 죽을 수도 있는 나이였고, 우리 아파트에서 그리 드문 일은 아니었다. 그럼에도 허전함의 꼬리는 제법 길었다. 먹산 소나무 기둥에 포스트잇이라도 붙여야 할까?

혹시 연녹색 선글라스를 쓰고 소리 없이 빙그레 웃는 회색 눈동자의 노인을 만나면 알려 주세요.
— 사막의 여우

국가주의와 대벌레 논쟁

여름내 먹산을 오르는 길에는 대벌레가 무성했다. 초록색 이쑤시개 모양의 긴 몸통에 가느다란 다리가 달려 있는 이 가냘픈 생명체는 외래종이라고 했다. 이 벌레는 나무 기둥이나 등산로 목책에 주로 있었는데 가끔씩 나무 위에서 후드득 떨어져 땅에 착륙하기도 했다. 대벌레의 초록색은 여름이 깊어지며 갈색으로 변했고 그땐 나무 기둥 색과 아주 비슷해서 그냥 나무 같았다.

　'너도 늙으면 색이 변하는구나. 뭘 더 살아남겠다고 보호색을 쓰나?' 뭐 눈엔 뭐만 보인다고 내 눈엔 갈색 대벌레가 그렇게 보였다.

　그러던 어느 날 산중턱에서 세 명의 할머니들을 만났

다. 그들 중 매우 건장해 보이는 할머니가 대벌레를 마구 잡고 있었다. 풍채와 태도가 얼마나 당당한지 마치 전장의 장군 같았다. 장군 할머니는 등산용 지팡이로 대벌레를 떨어 내거나 나무에서 즉사시키는 정도를 넘어서 손으로 직접 잡아 내고 있었다.

"아이고, 독하다. 약을 한 번 하든지 해야지 원. 맨날 잡아도 여전하네."

먹산을 오르는 많은 노인들이 지팡이로 대벌레를 잡았지만 손으로 집어 내는 광경은 처음이라 난 잠깐 놀랐다. 할머니의 발 주위에는 수많은 대벌레가 나뒹굴고 있었다. 그 광경을 보던 난 갑자기 아무것도 안 하고 빈둥대는 것처럼 느껴졌다. 이럴 땐 상황에 맞게 행동하는 게 맞지. 즉시 내 옆 나무를 열심히 기어오르던 대벌레를 툭 쳐서 떨어뜨렸다.

"대벌레가 많지요?"

"아, 네. 저도 보이는 대로 죽이기는 하는데…… 손으로는 못 잡겠네요."

그러자 그 건장한 할머니는 나를 주룩 훑어보며 호탕하게 웃었다.

"아유, 난 늙었으니까 손으로 잡지. 아직 젊잖아. 그래도 대벌레에 관심이 있네요. 어떤 영감탱이들은 벌레가 있는지, 잡아야 되는지, 내가 뭘 하는지 아무 관심도 없어. 도대체. 트로트만 신나게 틀면서 지나가면 다야? 산에 오면 산을 좀 지켜야지."

장군 할머니는 체격에 어울리게 목소리도 우렁찼다.

산을 앞서 오르며 할머니가 대벌레를 소탕해 나갔기 때문에 내가 처리해야 할 벌레는 많지 않았다. 그래도 눈을 부릅뜨고 나뭇가지를 살피고, 위에서 후드득 떨어지는 벌레들은 피해 가며 산에 오르려니 매우 더뎠다.

"양반은 못 되네. 저 영감들이야. 입만 살았지 벌레 한 마리도 안 잡는 위인들이."

우레 같은 할머니 소리에 눈을 들어 보니 산 정상 운동 기구 쪽에 서너 명의 할아버지들이 땀을 식히며 떠드는 소리가 들렸다. 싸우는 소리 같았으나 확실히 대화였다. 하긴 산 정상에 오를 정도의 체력을 지닌 할아버지들은 매우 건강했다.

그런데 들려오는 이야기는 기이했다. 3·1절에 왜 태극기를 안 다는지 모르겠다, 자기가 사는 A 단지가 너무 태극기를 안 달아서 창피하다는 거였다.

가만히 생각해 보니 나도 이곳에서 태극기를 단 적이 없었다. 일부러 안 단 것은 아니었지만 그렇다고 일부러 달려고 하지도 않았을 뿐인데 그게 우리 A 단지 할아버지를 창피하게 했던 것이다. 맙소사!

또 다른 얘기는, 나라 안이 외국인들 천지라서 걱정이라고, 우리는 단일민족 아니냐는 거다. 그렇지 백의민족이지. 다른 할아버지가 맞장구쳤다. 얼씨구!

월남전과 사우디 건설 현장과 IMF의 폭풍 사이를 거칠게 누벼 온 그들의 주제는 요즘 젊은이들이 나라 위해서 일하기는커녕 고마운 줄도 모른다는 결론으로 사이좋게 나아가고 있었다. 와우!

그중 비교적 가냘픈 몸매의 할아버지가 가끔씩 나라보다 중요한 건 각자의 삶이 아니냐고 반박을 하는 듯했으나 곧 박살나는 모양새였다.

"에이, 그게 할 소리야? 나라가 있어야 내가 있는 거지."

가냘픈 할아버지는 이 문장에 침묵했다. 과연 나는 새로운 세계로 들어온 게 맞았다.

"영감님들, 대벌레를 잡아야 나라도 있는 거요. 산에 이렇게 매일 오르면서 저 해충을 한 마리라도 잡아 봤어요? 나라가 산이고 산이 나라지 뭐. 산이 다 망가져도 나 몰라라 할 거요?"

드디어 나의 장군 할머니가 우렁차게 소리를 질렀다.

할아버지들은 일제히 독립투사 같은 할머니에게 주목했다. 할머니는 나무 사이에 세워져 있던 내 키만 한 싸리 빗자루를 들고 와 나무 기둥을 훑어 가며 벌레를 떨어내고 있었다. 정상에는 벌레가 더 많았다.

"벌레는 나라에서 잡아 줘야지. 약을 쳐 주던가. 노인이 무슨 힘이 있어?"

할아버지 한 분이 감히 할머니에게 말대꾸를 했다.

"여기서 떠들 힘 있으면 100마린 잡겠네요. 뭐 곰을 잡으라는 것도 아니고 힘은 무슨."

할머니 주변에는 나무에서 단체로 떨어진 대벌레들이 마술처럼 흩어지고 있었다. '할머니 파이팅!' 할아버지들의 대화를 완전히 끊어 버린 할머니를 응원하며 나는 조용히 산을 내려갔다. 등 뒤에서 방금 호통 치던 장군 할머니와 애국자 할아버지들이 함께 웃으며 떠드는 소리가 들려 왔다.

치매인 듯 치매 아닌

강아지는 늘 빨간 조끼를 입고 다녔다. 그리 깨끗하지 않은 흰 털을 가진 몰티즈였다. 산책로엔 언제나 멋진 개들을 데리고 나선 노인들이 많았다. 이전에 기르던 개들을 데리고 오기도 했지만 이곳에 와서 강아지를 입양하는 경우도 꽤 있는 듯했다. 조용하고 쾌적한 이곳은 강아지를 기르기에 좋은 조건이었다.

빨간 조끼 강아지는 보통 로비에 할머니와 함께 앉아 있었지만 때때로 산책로를 거닐기도 했다. 할머니의 손에 들린 강아지보다 커다란 가방에는 강아지의 간식이나 물, 배변 봉투가 들어 있을 것이었다. 어리고 건강한 강아지와 다르게 할머니는 허리가 새우 등처럼 굽어 있어서 다른 노인들의 굽은 허리보다 좀 더 도드라졌다.

할머니를 처음 만난 것도 로비에서였다. 오전에 편의점에 우유를 사러 가는데 낯선 할머니가 인사를 했다.

"아줌마 안녕하세요. 아줌마 건강하세요."

딱 듣기에도 정상적인 인사는 아니었다. 나를 아는 것도 아니고 안녕과 건강을 이어서 말하는 것도 이상하지 않은가.

"아, 예. 할머니 안녕하세요?"

일단 엉겁결에 인사를 하고 지나가는데 할머니는 지나가는 모든 사람에게 인사를 했다. 더러는 인사를 받고 더러는 못 들은 양 그냥 지나쳤다. 우유를 사 가지고 다시 집으로 가려는데 할머니가 또 인사를 했다.

"아줌마, 안녕하세요. 아줌마 건강하세요."

토씨 하나 틀리지 않고 억양도 똑같았다. 마치 녹음기를 틀어 놓은 것 같았다. 빨간 조끼 강아지는 그런 할머니를 그냥 쳐다보고 있을 뿐 미동도 하지 않았다.

"아, 네. 할머니 아까 인사하셨잖아요?"

어쨌든 그냥 지나가긴 뭐해서 상냥하게 웃으며 말을 건넸다. 할머니는 씨익 웃으며 다른 사람들에게 또 인사를 하기 시작했다. 집에 들어와 남편에게 강아지 할머니 얘길 했다. 그런데 남편도 할머니를 알고 있었다.

"그래도 날더러 아줌마라고 부르네. 젊어 보이긴 하나 봐?"

역시 이 아파트엔 내가 어울리지 않는다는 식으로 얘기하자 남편이 돌아보지도 않고 바로 답변했다.

"나한테도 아저씨라고 해."

무어라? 남편은 누가 봐도 할아버지인데.

그런데 그 의문은 다시 할머니를 만났을 때 풀렸다. 할머니는 강아지와 함께 산책로에 있었다. 풀냄새를 맡느라 주춤거리는 강아지를 기다리며 할머니는 굽은 허리로 서 있었다. 그러면서 다시 똑같이 인사했다.

"아줌마, 안녕하세요. 아줌마, 건강하세요."

"아, 예. 할머니도 건강하세요."

그러려니 하면서도 인사를 하고 돌아서는데 갑자기 강아지가 짖기 시작했다.

"아유, 조용히 해야지. 아줌마, 아저씨, 안녕하세요. 아줌마, 아저씨 건강하세요."

노인 부부가 지나가자 할머니는 강아지를 채근하며 여

전히 인사를 하는 것이었다. 그 부부는 누가 봐도 아줌마, 아저씨는 아니었다. 최소 80 이상이었다. '아, 저 할머니는 모든 사람이 아줌마, 아저씨구나.' 그때야 나는 할머니가 나를 아줌마로 부른 것이 나이를 생각한 호칭이 아니란 것을 깨달았다.

'치매는 맞는 것 같은데. 또 인사 빼면 다른 것은 정상인 것도 같고.'

실버아파트에서 치매 환자가 혼자 생활하긴 어렵다. 요양원이나 프리미엄급 실버타운과는 다르게 모든 편의가 제공되는 곳은 아니었기 때문이다. 그보다는 식당이 있는 일반 아파트 같아서 일상 생활을 스스로 할 수 있는 건강한 분이 입주 대상이었다.

입주 초기에 정원에서 훤칠하고 멋진 할머니를 만났는데 그분이 계속 나를 쫓아오며 말을 건 적이 있었다.

"선생님, 선생님은 어디 사세요?"

그 할머니의 문장은 딱 그거였다. 남편에게도, 같이 있던 손님에게도 같은 질문을 계속했다. 그래서 정원을 떠나 다른 곳으로 가서 이야기를 해야 했던 기억이 있다.

그 할머니는 입주민들 사이에서 회자되었고 아마도 자

녀의 결정에 따라 요양원으로 옮기신 것 같았다.

얼마 전에는 강아지 할머니가 식당 앞에 강아지를 얌전히 묶어 놓고 점심 식사를 하는 모습을 목격했다. 그리고 며칠 전, 산에서 내려오다 할머니를 만났는데 난 마침 딸과 전화를 하고 있었다. 할머니는 여지없이 인사를 했다.

"아줌마, 안녕하세요. 아줌마 건강하세요."

바른 생활 아줌마도 아니면서 난 얼른 할머니에게 인사를 했다. 전화기를 귀에 댄 채.

"예, 할머니. 강아지 산책시키시네요."

내 말에는 대답을 않던 할머니는 조금 지나다가 갑자기 무언가 생각난 듯 돌아서더니 고개를 숙여 인사를 했다.

"죄송해요. 통화하는데 제가 말을 해서요. 아줌마, 안녕히 가세요."

이건 정상인의 정확하고 예의 바른 화법 아닌가.

여전히 굽은 허리로 강아지를 데리고 천천히 걸어가는 할머니를 난 고개를 돌려 한참 보았다. 할머니는 여전히 오가는 모든 사람에게 인사를 하고 있었다. 인사를 받든 말든.

'저런 치매를 예쁜 치매라고 하나? 사람은 치매에 걸리면 평소에 하던 언행을 한다던데 할머니는 늘 인사를 하시

던 분이었나 보다.'

그 순간 갑자기 걱정이 되었다. 난 치매에 걸려서 무슨 말을 할까? 욕설이나 뱉어 내고 화만 내면 어쩌지? 아휴, 지금부터라도 고운 말하고 곱게 살아야겠다.

이곳엔 천사가 산다

가을이 깊어지면서 실버들의 행보는 눈에 띄게 줄었다. 기온이 떨어지면 대사질환을 앓는 사람들은 조심해야 한다는 걸 누구보다 잘 아는 이들이었다. 노인들은 난방이 팡팡 틀어져 있는 로비나 카페에 삼삼오오 모여 담소하거나 역시 난방을 자유롭게 틀 수 있는 동호회실에서 각자의 취미 활동을 했다.

내가 사는 동에는 각종 동호회실이 있는데 바둑과 마작이 단연 인기였다. 특히 방을 하나만 쓰던 바둑인들은 그 세를 확장하여 제 2의 바둑실까지 확보해서 사용하고 있었다.

동호회실에서 두 개 층을 내려가면 각종 종교 모임실이 있다. 지난주에는 우리 옆옆집 주인이 기독교실에 간다고 옆구리에 뭔가를 끼고 갔다.

"성경 필사하려고요. 아는 권사님이랑 둘이. 그냥 노는 거죠 뭐. 아파트 위해서 기도도 하고 사우나도 하고 오려구요."

그는 나보다 젊었고 말이 느리긴 했지만 활기가 있는 사람이었다. 그녀의 짧은 커트 머리를 보고 있으면 더욱 그런 느낌이 들었다. 아닌 게 아니라 그녀는 오전에만 근무하는 직장에 매일 출근을 했다. 하여튼 그녀는 내가 본 가장 젊은 입주민이었다.

그리고 지하 4층으로 내려가면 언제나 기합소리가 들려오는 탁구장이 있었다. 탁구는 확실히 실버들의 운동이어서인지 늘 예약이 꽉 차 있었다.

이렇게 로비나 일부 동호회실, 탁구장, 골프 연습장 정도에서만 움직임이 감지될 뿐 실버아파트가 고요 속에 잠들기 시작하는 계절이 가을이다.

한여름에 비가 한바탕 내리고 나면 등산로에 물길을 만들어 물이 쉬이 빠지게 하거나 흙을 돋우어 계단을 만들어 놓는 노인들도 있었다.

등산로에 빗자루질이 되어 있는 경우도 있는데 어느

날 그 주인공을 만났다. 상당히 늙은 할머니가 고전적인 싸리비로 길을 벅벅 쓸고 있었다. 이마에는 구슬땀이 맺혀 있었다.

"할머니, 산을 청소하시네요. 감사합니다."

내가 멋쩍게 인사하자 할머니는 땀을 훔쳐내고는 시원하게 웃었다.

"여기를 맨발로 다니는 노인네들도 있더라고. 돌에 미끄러지기도 하니까 그냥 내가 쉬엄쉬엄 쓸지 뭐."

그러고는 싸리비를 근처의 상수리나무에 턱 걸어 놓고 아무렇지 않게 걸어 올라가는 것이었다. 할머니가 먼저 가고 나는 바스락거리는 마지막 낙엽들을 밟으며 정상을 지나 운동기구가 있는 곳에 이르렀다. 철봉에 매달려 대롱거리며 발밑에 펼쳐진 갈색의 가을 산을 내려다보고 있는데 조심스런 목소리가 들렸다.

"혹시, 정상이 어디인지 알 수 있을까요? 여기가 정상이 아닌 모양이네요."

돌아보니 키가 껑충한 유난히 검은 머리의 여자가 먹산 안내도 옆에 서서 내게 묻고 있었다. 여자는 손에 수첩 같은 것을 들고 있었는데 고개는 약간 숙인 채였다.

"예. 정상은 여기서 저쪽으로 조금 더 가셔야 돼요. 높이가 여기와 별 차이는 없지만 아마 정상석의 표지판이 있을 거예요."

여자는 끝내 얼굴을 보여 주지 않은 채 공손하게 인사를 하고 정상 쪽으로 갔다.

'숲 해설사라도 하려는가? 먹산 숲 해설사 모집한다고 광고 붙었던데.'

일반적인 우리 실버 등산객의 모습과는 사뭇 다른 검은 머리 등산객은 그렇게 내 시야에서 떠나갔다. 얼마간의 시간이 지난 후 나도 집을 향해 내려가는데 중간 휴식 지점에서 그 여인이 또 고개를 숙인 채 앉아 있는 걸 보았다. 나는 아무 생각 없이 다가가서 물었다.

"정상은 잘 찾으셨어요? 거기 돌 있죠? 무슨 공부를 하시나 봐요?"

그러자 여자는 비로소 얼굴을 들고 나를 바라봤다. 창백하고 병색이 도는 얼굴의 여인은 70은 족히 넘어 보였다.

"예, 덕분에 정상을 잘 찾았어요. 공부가 아니고 이건 기도서예요."

여인은 손에 들고 있던 수첩 같은 것을 내게 보여 주었다. 뭔가 글씨가 씌어 있는 것 같은데 벗겨져서 알아볼 수 없는 감색의 표지였다. 그렇다면 여인은 정상을 찾아 그곳에서 기도서를 낭독하며 기도를 했다는 것인가? 여인이 너무 겸손하게 웃음 띤 얼굴로 나를 바라봐서 무엇을 묻는 것이 무례하게 느껴졌다.

"곳곳을 다니면서 기도하고 있어요. 여긴 노인들이 많이 계신 곳이잖아요. 그분들의 안녕과 평안을 위해서 기도하죠. 이 산에 오르시는 모든 노인들을 위해서요. 저도 여기 살거든요."

그렇구나. 내가 산을 아무렇지 않게 오르내리는 것은 이 여인의 기도 덕분이었던 모양이구나. 우리 아파트의 허리 굽은 노인들이 맨발로 이 산을 오르내리는 것도 이 여인이 빈 안녕 때문이었나 보다. 때가 되면 노인들이 가볍게 하늘로 이사하는 것도 이 여인이 빌고 빌었던 평안 때문이었구나.

난 등을 보이고 내려가는 여인을 경이로운 눈빛으로 바라보았다. 여인은 여전히 고개를 숙인 채 걷고 있어서 혹시나 넘어지지 않을까 걱정될 정도였다. 저 여인은 도대체 무엇 때문에 저렇게 기도서를 들고 다니며 기도하는가?

여느 세상들과 마찬가지로 실버아파트에도 다양한 사람들이 산다. 이곳에도 심술쟁이 노파, 고집불통 영감님이 많다. 치매가 시작되는 노인이 있고, 홀로 남은 인생의 고독을 이웃과 나누는 멋진 노익장 언니들이 있다. 그리고 이제 실버의 세계에 들어서서 나처럼 버벅대는 젊은 노인들도 많다.

살아가는 삶의 모습과 향기는 여느 세상과 비슷하나 한없이 조용하고 담담한 곳. 왈칵 울음을 터뜨릴 만큼 서러운 일도, 울화통을 건드릴 만큼 화나는 일도, 이치를 따져 가며 목청을 높일 일도, 견딜 수 없이 기쁘거나 슬픈 일도 모두 숙성되는 이곳.

늙는다는 게 이런 건가? 그러나 단순히 늙음이 답은 아니었다. 실버아파트에 살면서 만난, 기도서 여인과 비슷한 사람들이 머릿속을 스쳐갔다. 각각 다른 방식이었으나 남을 이해하고 생각하며 결국에는 사랑하는 마음마저 느끼게 하는 사람들이었다.

아마도 이곳엔 천사들이 꽤 입주해 있는 모양이다.

가을의 먹이 활동

가을이 되면 먹산은 풍성해진다. 온갖 색깔의 단풍이 미처 들기 전에 상수리나무와 밤나무가 열매를 쏟아낸다. 산 위로 올라가면 등산로를 사이에 두고 양 옆에 오종종 모여 있는 도토리 무리를 볼 수 있다.

이럴 때 맨머리로 등산을 하다가는 여기저기서 도토리나 밤송이에 얻어맞기 십상이다. 밤이나 도토리로 머리를 맞으면 아프거나 화가 나는 것이 아니라 웃음이 나기는 했지만.

떠나고 싶었으나 여전히 실버아파트를 떠나지 못한 나는 이곳에서 벌써 세 번째 가을을 맞았다. 올해는 유난히 도

토리가 많았다. 산 어디를 봐도 앙증맞고 반질반질 빛나는
도토리가 무리지어 있었다. 어떤 것은 미처 모자를 벗지 못
한 채로 있기도 했다.

"언니 도토리 좀 주워와. 엄마가 도토리묵을 엄청 좋아
하시는데."

며칠 전 모임에서 먹산의 도토리 얘길 했더니 후배가
대뜸 나에게 하는 소리였다. 나는 도토리를 주워 본 적도 없
고 도토리묵을 만든다는 것은 상상도 해 본 일이 없었다. 도
토리묵을 좋아하지도 않았다.

"야, 산에 다람쥐와 고라니도 있는데 걔들이 겨울에 먹
어야지."

도토리를 주울 생각이 전혀 없는 나는 궁색하지만 사실
이기도 한 대답을 했다. 그러자 후배는 예상했다는 듯이 나
의 거절을 웃어넘겼다.

"언니, 걔네들 먹을 건 충분해. 도토리가 얼마나 많이 나
는데. 사람도 먹으라고 도토리가 열리는 거 아닌가? 산에서
나는 것은 동물에게나 사람에게나 다 먹이야. 좀 주워와 봐."

후배와의 대화를 떠올리며 산을 오르는데 그만 나도 모
르게 도토리를 줍고 있었다. 아휴, 세상에나!

도토리는 금방 손안에 가득 찼다. 가방에 털어 넣은 후

다시 주워서 털어 넣길 두 번 더 했다. 그러다가 도토리에 눈이 팔려 땅만 보고 걷는 내가 한심해졌다.

더 이상 줍기를 포기하고 그냥 걸어가는데 숲 사이에서 덤불을 헤쳐 가며 뭔가를 줍는 아주머니 같은 할머니를 발견했다. 분명 도토리를 찾아 줍는 것이었다. 할머니는 다른 사람들이 든 것에 비하면 아주 작은 가방을 허리에 동이고 있었다. 배낭을 지고 와서 도토리를 쓸어가는 이들과는 사뭇 달랐다.

"저, 도토리 주우시는 거죠? 제가 한 움큼 주웠는데 드릴게요."

공연히 멋쩍어하는 할머니에게 내 도토리를 세 움큼 옮겨 드렸다. 할머니는 작은 가방에 도토리를 받아 넣고는 사탕을 하나 꺼내 주었다.

"이거 하나 드세요. 요 며칠 사람들이 도토리를 주워서 저에게 주네요. 어젠 어떤 할아버지가 두 주먹 주워 주시면서 '벌써 두 번째 드리는 겁니다.' 그러시더라구요."

할머니는 행복한 표정이었다.

"아주머니 복이죠 뭐. 누구에게나 다 그러는 건 아니잖아요?"

할머니는 도토리를 주우며 올라가겠노라고 손짓으로

나를 떠나보냈다. 정상에는 자주 만나는 할아버지들이 서너 분 계셨다. 그중 한 분은 서류봉투만 한 검정 비닐봉지를 도토리로 가득 채운 것 같았다.

"할아버지, 도토리 주워서 드시나요?"

노인은 산 위에 설치된 철봉으로 단련한 몹시 단단한 몸을 지닌 분이었고 멋쟁이였다. 평소의 모습으로 봐선 도토리를 주울 것 같지 않은 노인이 도토리를 한 봉지나 들고 있는 것을 보니 왠지 씁쓸했다. 그래서 바보 같은 질문을 한 것인데 노인은 정색을 하며 대답했다.

"이렇게 며칠 주우면 한 10킬로 되지. 그거 가루로 만들어서 아들 집에 갖다 주면 명절에 도토리묵을 만들어."

나는 속으로 '오 마이 갓' 하고 외쳤다. 저 집 며느리도 저 도토리를 좋아할까? 명절날 도토리묵을 쑤어야 하는 처지가 그다지 즐거운 일일 것 같진 않았다.

먹산을 오르는 대부분의 노인들은 그렇게 한결같이 도토리를 주웠다. 굽은 허리로 더욱 몸을 구부려 천천히 무엇인가를 줍는 모습은 수렵 채집 시대를 살아 낸 인류의 먹이 활동 같아 애잔하기도 하고 서글프기도 했다.

그러나 다소 위로가 되는 것은 그들이 주운 도토리로 자신의 10킬로를 채우기도 하지만 다른 이에게 몇 주먹씩

건네주기도 한다는 것. 이런저런 생각을 하며 산을 되짚어 내려오다 산기슭에 이르니 알밤이 군데군데 떨어져 있었다. 시장에서 파는 밤과는 비교가 안 되게 작았지만 난 밤을 얼른 집어 들었다.

톡 하고 떨어지는 밤송이는 바로 벌어져 그 속에서 알밤이 굴러 나왔다. 그렇게 몇 군데에서 밤을 주우니 두 주먹이 넘었다. 이번엔 밤을 줄 할머니도 보이지 않았지만 나도 밤을 주고 싶은 마음은 없었다. 도토리와 달리 밤은 구워서 바로 먹을 수 있는 것이니까. 슬쩍 웃음이 나왔다. '먹이활동이 유전자에 기록되어 있는 건 나도 똑같군!'

잣나무 군집을 지나는데 채 익지 않은 잣송이가 내 발밑으로 내던져졌다. 놀라서 위를 쳐다보니 날다람쥐 한 마리가 나를 내려다보고 있었다.

젊고 예쁜 여자

다른 때보다 느지막이 먹산을 내려왔다. 겨울로 접어들 무렵이라 해가 짧아지고 있었다. 산에는 등산하는 노인들이 확실히 줄었고 4시 이후에는 사람이 거의 없었다. 내가 내려올 때 오르는 사람들이 있긴 했으나 그 수가 적었다. 바람이 획 불어왔고 한기가 살짝 느껴졌다. 단지 내 산책로에는 할머니들이 한두 명씩 천천히 걷고 있었고, 삶을 다한 가을 꽃들은 화단에서 버석거리며 말라 가고 있었다. 집 쪽을 향하는 비스듬한 내리막을 걸어 내려가며 장갑과 모자를 벗어 배낭에 구겨 넣었다. 눌어붙은 머리칼을 손가락으로 빗는데 엉겨서 아팠다. 짜증스럽게 재차 머리를 빗는데 어떤 할아버지가 나를 불렀다.

"지금 산에 가도 괜찮겠소? 너무 늦지 않았나?"

90은 족히 되어 보이는 노인이었다. 체격은 장대했고 은색 머리카락은 나처럼 엉겨 붙은 것이 곱슬머리인 듯했다. 손에는 등산용 스틱을 들고 있었는데 신발이 실내화였다.

"예. 뭐 가실 수는 있겠지만 많이 어두워질 것 같은데요?"

등산길을 묻는 노인에게 '절대 가시면 안 됩니다'라고 얘기하기에는 좀 어중간한 시각이긴 했다. 나이를 생각하면 절대 말리고 싶었지만.

"갈 수는 있으나 어둡겠다? 그럼 안 가는 게 낫다는 얘긴데."

할아버지는 아예 자리 잡고 이야기할 기세였다.

"산에 가시기엔 신발도 그렇고, 시간도 그렇고 하니 여기 산책로를 도시지요? 다른 분들도 많이 산책하시니까요."

난 최대한 친절하게 대답했다. 피곤해서 빨리 집에 가고 싶었다.

"그럼 산에 가지 말고 산책을 해라. 여기?"

할아버지는 부정확한 메아리처럼 내 말을 비슷하게 반복했다. 난 조금 있으면 짜증이 날 것 같았다. 설상가상으로 화장실에도 가고 싶었다.

실버아파트의 주민들

"예. 그게 좋을 것 같아요. 그럼."

인사로 마무리하고 자리를 벗어나려는데 할아버지의 말이 또 붙들었다.

"산에 가기엔 시간이 늦었고 신발도 불편하니 산책을 해라. 그 얘기네?"

마지막이라고 생각하며 억지로 웃곤 고개를 끄덕였다. 내 인내심을 시험하는 것 같았다.

"그래야겠어요. 난 젊고 예쁜 여자 말을 잘 듣거든."

할아버지는 내게 거수경례하듯 손짓하고는 산책로로 접어들었다. 그 뒷모습을 보니 오른쪽 다리를 약간 절고 있었다.

집을 향해 내려오는데 할아버지의 말이 맴돌았다.

젊고 예쁜 여자라. 하긴 그런 시절이 있었지. 누구에게나. 할아버지가 근육질 충만한 몸매에 깎은 것 같은 굴곡진 얼굴이었던 때가 있었던 것처럼. 그런데 그때와는 전혀 상관없는 지금의 나에게 그런 얘기를 한 것은 농담인가 실수인가. 사실 굳이 기분 나빠할 얘기는 아니었지만 그렇다고 현실감 없는 얘기가 기분을 좋게 하지도 않았다.

길을 다 내려와 로비에 들어서는데 저녁 식사를 하러

노인들이 하나둘 모여들었다. 부부들은 손을 잡고 천천히 오는 경우가 많았고 혼자 오는 할아버지나 할머니는 비교적 걸음이 빨랐다.

"저녁 식사 하러 오지 그래요? 나 피곤해서 밥 못하겠어."

밥을 하기도 먹기도 싫지만 남편은 꼭 먹어야 하는 상황에서 식당만큼 좋은 선택지는 없었다. 남편은 식당에 혼자 가서 먹으라고 하면 별말 없이 그렇게 했다. 남편에게 전화를 하고 로비 의자에 앉아 등산 스틱을 짧게 접고 있는데 할머니 한 분이 옆에 와 앉으셨다.

"아유, 한창인데 여길 빨리 들어오셨네. 이제 60이나 되셨나?"

자세가 상당히 곧고 옅은 분홍색 립스틱을 바른 할머니는 80대 중반쯤으로 보였다. 펌을 한 은갈색의 머리카락 사이로 밝은 핑크빛의 두피가 살짝살짝 드러났다.

"아이고, 감사합니다. 60은 넘었고요. 할머니 정말 고우시네요."

옆으로 비켜 앉으며 할머니의 손을 보니 손톱마다 고운 색깔의 매니큐어가 칠해져 있었다. 퀴어퍼레이드를 연상시킬 정도로 선명한 무지갯빛 색깔들이었다. 대단하시다! 감탄하는데 할머니에게서는 고급스러운 향기까지 은은하게 났다. 무슨 섬유 유연제를 쓰시나 궁금했지만 내가 묻기 전에 할머니가 먼저 시작했다.

"지금이 제일 고울 때야. 젊은 사람이 멋 좀 내고 다녀요. 이렇게 이쁠 때는 금방 지나가거든. 알았죠?"

내가 대답도 하기 전에 할머니는 다른 할머니의 손짓에 부지런히 일어섰다. 아마도 저녁 식사를 같이 하기로 약속한 모양이었다.

할머니가 가고 나서 옆에 있는 화장실에 들어가 거울을 봤다. 눌러 쓴 모자 사이로 개털 같은 머리카락이 너풀거리며 나와 있고 씻지도 않고 나온 맨얼굴은 그저 노랬다. 핏기도 물기도 없는 입술은 여기저기 말라서 껍질이 허옇게 일어나고 있었다. 한심한 생각에 물로 얼굴을 한 번 씻으니 정신이 좀 나는 듯 했다. 물도 털어내지 않고 화장실을 나서는데 출입구 쪽에서 남편이 내게 손을 흔들었다.

"여보, 나 저녁 먹고 갈게."

남편은 한 무리의 노인들 속으로 사라졌다. 남편도 노인 속에 섞이니 똑같았다. 집으로 돌아오며 내일부터는 선크림이라도 잘 바르고 머리도 단정히 하고 돌아다녀야겠다고 생각했다. 그리고 가능하면 트레이닝복이 아닌 처박아둔 꽃무늬 홈웨어를 입어야겠다고.

실버아파트에 입주한 이래 나는 스스로 노인이 되어 트레이닝복이나 수면 바지가 교복이었다. 그런데 산책로의 할아버지나 로비의 할머니는 그럴 일이 아니라고 내게 말하는 것 같았다.

나의 현재를 예쁘고 젊다고 봐 준 노인들은 분명히 나의 시간을 지나간 분들이다. 그분들이 굳이 내게 말을 걸어온 것은 늙음을 앞당기지 말라는 사인이었던 모양이다. 그렇다면 그 사인을 알아차려야 하지 않을까. 내일은 예쁘게 꾸미고 식당 앞에서 고운 할머니를 기다려 봐야 할 모양이다.

시폰 원피스 할머니

나는 시폰으로 만들어진 블라우스나 원피스를 좋아한다. 마치 매미 날개처럼 아른거리는 그 느낌을 젊어서부터 좋아했다. 그러나 나이가 들면서 시폰 옷감의 옷을 안 사게 되었다. 아른거리는 매력만큼 천이 얇아서 속옷을 견고하게 갖춰 입어야 했기 때문이다. 덥고 불편한 것을 감수하고 입을 만큼의 열정이 사라진 것이다.

그러니 이곳 실버아파트에서 시폰 원피스를 입은 사람을 보는 것은 아주 드문 일이었다. 어쩌다 로비나 식당에서 우아한 할머니가 시폰 원피스를 입고 걷는 것을 보면 나도 모르게 쳐다보곤 했다.

'이야. 역시 시폰은 예뻐. 저 할머니는 멋쟁이네.'

내가 입지 못하는 옷을 남이 입은 것을 보는 것도 일종의 즐거움이었다. 멋진 할머니들이 지나가면 달려가서 계속 패셔너블하게 입어 주십사 부탁하고 싶은 마음이 들 정도였다. 실제로 한 번도 그렇게 말하진 못했지만.

다른 말로 하면 이곳에서의 패션은 많이 비슷하단 얘기다. 할머니들은 머리 길이와 곱슬 정도부터 얼굴과 키와 옷까지도 참으로 닮았다. 심지어 눈의 크기나 웃는 모습도 비슷해서 사람 구별 잘 못하는 나는 누군가를 알아보는 데에 굉장히 어려움을 겪었다. 게다가 코로나19와 함께 필수로 착용하게 된 마스크는 아무도 알아보지 못하게 하는 비밀 병기였다.

그렇고 그런 아주 닮은 사람들 사이에서 살던 어느 날이었다. 우리 층 엘리베이터 앞이 소란했다. 우리 동에는 엘리베이터가 한 층에 세 개 있는데 하나는 복도 끝에, 두 개는 복도 중간에 나란히 있었다. 그래서 노인들이 엘리베이터를 잘못 타는 일은 일상이었다. 그날도 누군가 또 잘못 타셨구나, 생각하며 지나치는데 좀 시끄러웠다.

나란히 있는 두 개의 엘리베이터 중 한쪽에 들어간 할머니와 밖에서 그 할머니의 손을 잡고 있는 좀 젊은 할머니 때문이었다. 엘리베이터의 문은 닫히지 못하고 드르륵거리며 열렸다 닫히지 못하고 다시 열리고 있었다. 엘리베이터 안에는 신사 할아버지 한 분이 계실 뿐이었고 다른 사람은 없었다. 구경하는 나를 빼고는.

밖에서 애원하듯이 할머니의 손을 잡고 놓아 주지 않는 젊은 할머니는 아마도 딸인 듯했다. 그녀는 보기에도 고가인 시폰 원피스를 입고 있었다. 다만 안타깝게도 원피스 겉으로 복대를 하고 있었다. 너무도 곱게 늙어 아직도 어여쁜 그녀였지만 허리가 안 좋은 나이였다.

"엄마, 안 돼요. 아버지한테 가야지 어딜 가는 거야."

딸에게 팔을 잡힌 할머니는 아무 대답도 하지 않았다. 대신 아주 따스한 눈길로 할아버지를 하염없이 보고 있었다. 할아버지의 표정은 다소 당황스러워 보였지만 그냥 이 상황을 견디는 분위기였다.

"할아버지, 이 할머니 아세요? 모르신대잖아. 엄마 집은 여기가 아니고 저기로 가야 된다고."

늙고 예쁜 딸은 계속 할머니에게 얘길 하고 있지만 할머니는 미동도 하지 않았다.

상황을 보니 할머니는 엘리베이터의 할아버지를 당신의 남편으로 착각하고 따라 탄 것 같았다. 그리고 엘리베이터 안의 할아버지는 분명히 뇌세포의 이상에서 나온 이 할머니의 행동을 차마 뿌리치지 못하고 가만히 있었던 것이다.

결국 할아버지는 할머니에게 손이 잡혔지만 여전히 견디고 있었다. 참으로 멋진 할아버지였다.

"아유, 알았어요. 알았어."

결국 복대를 한 시폰 원피스 딸이 엘리베이터 속으로 함께 들어갔다. 다행이었다.

그 광경을 본 몇몇 노인들이 웃기기도 하고 슬프기도 하다는 표정으로 지나갔다. 그곳에서 나도 미래의 내 모습을 보며 한숨을 폭 내쉬었지만 바스라질 것같이 하늘거리던 연보랏빛 시폰 원피스가 망막에 남아 잠깐의 한숨을 지워버렸다.

늙어도 예쁨에 대한 미련은 늙지 않는 것일까. 그 딸도 나도, 또 내가 똑같다고 생각했던 다른 할머니들도? 나는 다르다고 생각하면서도 정작 '할머니들은 다 똑같아'라는 시선으로 살고 있었음을 왜 몰랐을까? 참으로 황당하고 막돼먹은 자의식만 내뿜으며 살았구나. 부끄러웠다.

앞으로는 절대 '할머니들은 다 똑같아'라고 생각하거나 얘기하지 않겠다고 다짐했다. 자세히 보면 그들도 다르다.

종이배

"풀 뽑으시나 봐요. 이렇게 더운데."

등산로 입구에 있는 꽃밭에서 밀짚모자를 눌러 쓴 중년의 여인이 호미질을 하고 있었다. 몸매가 가늘어서 쉬이 피곤할까 걱정되는 여인은 나를 바라보고 해맑게 웃었다.

"너무 재밌어요. 잡초 뽑고 여기에 이 꽃 심으려구요. 이렇게 꽃밭을 가꿀 수 있으니 감사하죠."

여인이 들어 보여 준 화초는 길고 가는 잎사귀만 있어서 무슨 꽃인지 알 수는 없었다. 하긴 아주 대중적인 꽃이거나 이름표를 달고 있지 않는 한 내가 알기는 어려웠다.

'내 밭을 갖고 싶은 노인들의 희망이 여기서 실현되는구나. 다행이네.' 입주민 중 누구도 땅 한 평이 없었지만 흙을 일구고 꽃을 심고 가꾸기를 원하는 사람들은 꽤 있었다. 그래서 그들을 위한 대규모 꽃밭이 단지별로 만들어졌고, 오늘처럼 잡초를 뽑거나 흙을 돋우거나 물을 주며 땀을 흘리는 노인들을 종종 볼 수 있었다.

덕분에 꽃밭에는 여름철 내내 해바라기가 가득했고, 도라지도 그 도도한 보랏빛을 여지없이 뽐내곤 했다. 누구나 아는 백합이나 수국, 분꽃, 맨드라미뿐 아니라 발음이 어려운 이국 국적의 꽃들로 화단이 채워지는 광경을 보는 것은 소소한 즐거움이었다.

꽃밭 옆에는 자그마한 연못이 있고 특정 시간이 되면 분수가 물을 뿜어 내곤 했다.

노인들이 혼자서 혹은 둘씩 짝지어서 그 연못가 의자에 앉아 있는 모습은 거의 매일 목격할 수 있는 풍경이었다. 그들은 핸드폰을 들고 뭔가를 하기도 했지만 대개는 무료한 듯 분수의 물줄기를 바라보거나 못 바닥에 비친 산의 모습을 들여다보는 것 같았다.

그 모습은 한가하고 평화롭기도 했지만 일순 쓸쓸하고 외로워 보이기도 했다. 내가 보는 내내 그들은 아무 말도 하지 않았다.

'하기야 어딜 가든 사람 한두 명이 가만히 앉아 있는 풍경은 거의 비슷한 느낌이지. 꼭 늙어서가 아니라 본래 사람이란 고독한 존재니까.' 그 느낌을 떨쳐내고 싶어서 뭔가 말을 건네려는데 연못 구석에서 떠다니는 작은 물체가 보였다.

"어? 종이배네요. 할머니. 종이배가 떠 있어요."

내가 손가락으로 가리키자 노인은 알고 있다는 듯 웃으며 느리게 말했다.

"저기 앞집 할아버지가 만든 거요. 종이는 아니고 은박지 같지. 작년에 마나님 떠나보내고 한동안 안 보이더니 며칠 전에 이 배를 접어 가지고 왔더라고."

자세히 살펴보니 은박지가 맞았다. 가운데 돛대에는 낙서인지 글씨인지 뜻을 살필 수 없는 상형문자가 그려져 있었다. 앞집 할아버지는 어떤 마음으로 이 배를 접고 무슨 이야기를 돛에 그려 넣은 것일까.

은박지 배는 바람을 따라 옮겨 다녔다. 그래 봐야 연못에 갇혀 비슷한 자리를 돌다가 다시 돌아오지만. 나의 생각이 옮겨졌을까.

"나 같애. 저 배가."

누구에게랄 것도 없이 할머니가 중얼거렸다.

"어머, 종이배가 있네요. 누가 이렇게 꽃밭과 잘 어울리는 배를 만들어 주셨을까? 감사해라."

예의 잡초를 뽑고 꽃을 심던 여인이 연못가로 내려와 땀을 닦으며 역시 대상 없이 이야기했다. 모자를 벗은 여인은 생각보다 살이 없고 왜소했다. 땀에 젖은 여인의 얇은 옷옷이 어깨뼈의 굴곡을 드러내고 있었다.

이후로는 우리 중 누구도 말이 없었지만 아무렇지 않았다. 여름의 태양이 불처럼 뜨겁게 내리쬐도 노인들이 앉은 연못가는 서늘했다. 그래, 실버들이 주는 멈춤과 쉼의 시공간이구나. 오래간만에 편안한 느낌이었다. 곧 잠이라도 들듯한.

세입자

이곳에 입주했을 때 받았던 축하 전화에는 그런 것도 있었다.

"사모님, 축하합니다. 이제 젊어질 일은 없겠네요."

언제고 현재가 가장 젊은 때이므로 이 말은 틀리지 않았음에도 묘하게 귓속에 남았다. '그렇지. 내가 지금 실버아파트에 들어온 거지. 맞는 말이네.' 인정할 수밖에 없는 현실이었고 실버아파트는 내가 살았던 어떤 곳보다 좋은 환경이었지만 서글펐다.

노인인 듯 노인 아닌 노인 같은 노인의 미묘한 상황 속으로 들어온 지 벌써 3년째 접어들었을 무렵, 나는 기어이 결심하고 집을 싼 가격의 전세로 내놓았다.

집을 보러 온 할머니는 잘 서 있지 못했다. 키가 크고 안색도 건강해 보였으나 어딘가 불편한 기색이 역력했다. 나중에 들으니 얼마 전 무릎 관절 수술을 하셨다고 했다. 재활하며 시간이 지나면 좋아질 일이라 다행이라고 생각했다.

할머니는 구부정한 자세로 방이며 화장실을 들여다보기만 했다. 적극적으로 들어가 보지도 않고 그냥 구경하는 자세였기에 난 저분이 이 집에 들어오실 마음이 있는지 의심스러웠다. 더욱이 키가 자그마하고 조심스러워 보이는 영감님은 아예 소파에 앉아 버렸다. 집 구경이고 뭐고 다 귀찮은 태도였는데 함께 온 딸만 부동산 중개인과 함께 집 안 구석구석을 관찰했다. 노부부가 이곳에 이사 올 의향이 있으신가보다라고 생각할 수 있는 유일한 움직임이었다.

전세를 내놓은 지도 두 달여가 지났고 할머니가 오시기 전 몇 사람이 다녀가긴 했으나 식당 밥이 어떻고, 바닥이 어떻고 하면서 계약이 성사되지는 않았다. 그래서 나는 이 노부부에게 확실히 이야기를 해 드리고 싶었다.

"할머니, 식사는 해 보셨어요? 여기 식당 식사요."

나는 가능한 한 느리게 할머니에게 물었다. 할머니가 대답하기도 전에 부동산이 끼어들었다.

"작년부터 꾸준히 와 보셨어요. 식사도 여러 번 하셨고요."

부동산 중개인의 말에 그래도 식당에 대한 불만은 없으신가 보다 하고 또 혼자 생각했다.

"나 밥 해 먹기 싫어서 오는 거야. 이젠 못 해 먹겠더라고."

내 질문과는 상관없이 할머니는 자신이 이사해야 할 이유를 아주 느리게 알려줬다. 하긴, 할머니의 나이는 70 후반에서 80 초반 정도로 보였다. 그 나이에 밥을 하고 싶은 주부가 얼마나 있을까? 나도 싫은데.

할머니가 느릿하게 얘기하는 동안에도 할아버지는 소파에 앉아 한마디도 말씀이 없었다. 그렇다고 화가 났거나 아파 보이는 것은 아니었고 사람 좋은 표정으로 남처럼 가만히 계셨다. 자기 집인 듯 아주 편안한 그림이었다. 우리 시아버지도 저렇게 마냥 편하시진 않았던 것 같은데 하는 생각에 잠깐 신기했다. 우리 남편도 저 나이가 되면 저럴까 싶은 생각이 들었다. 아마도 그럴 것 같았다.

딸이 집을 살피는 동안 결국 할머니도 소파에 앉아 버렸다. 노부부는 소파의 양끝에 멀리 떨어져 앉았다. 평소의 습관인 듯했다. 그러더니 할머니가 우리 남편을 손짓으로 불렀다. 남편이 다가가 구부정하게 허리를 굽히자 할머니는 남편의 귀에 대고 뭐라고 속삭였는데 남편이 빙그레 웃었다. 나

는 남편에게 그렇게 속삭이는 사람을 본 적이 없었기에 궁금하기도 했지만 신기하기도 했다. 무슨 얘길 하신 걸까?

"저기, 할머니. 여기 바닥이 보시다시피 타일이잖아요. 괜찮으시겠어요? 저도 그릇 떨어뜨리면 바로 박살이 나던데요."

나의 솔직한 이야기에 부동산 중개인은 잠깐 어쩔 줄 몰라 하는 표정이었다. 도대체 저 여자는 집을 내놓겠다는 거야 뭐야 하는 황당함이었다.

"아니, 제대로 알려 드려야죠. 얼마 전에 오셨던 분이 폴리싱 타일 얘기를 하셔서 말씀드리는 거예요."

중개인도 듣고 할머니도 들으라고 난 큰소리로 말했다. 그러자 중개인이 나를 한쪽으로 끌고 가서 할머니가 우리 남편에게 그랬듯 속삭였다.

"다 알고 오신 거예요. 그런 걱정 안 하셔도 돼요. 거의 1년을 여길 다니면서 보셨어요."

세입자가 될지 아닐지 아직 모르는 할머니의 식구들을 배웅하고 나서 남편에게 물었다.

"아까 할머니가 뭐라고 하신 거야?"

그러자 남편은 내 귀를 잡아당기면서 속삭였다.

"여기가 우리집하고 똑같애. 우리집도 지은 지 3년 되었거든. 거실이 좀 좁긴 하지만. 내가 계약하면 꼭 이 집하고 할 거야. 꼭.' 그러셨지. 너무 귀여우셨어."

남편의 이야기에 난 웃음이 터져 나왔다.

할머니는 자신의 집과 꼭 닮은 이 집을 굳이 살펴봐야 할 이유가 없었던 것이다. 그리고 이 집을 계약하려는 이유는 자신의 집과 같아서였다. 물론 밥을 안 할 수 있다는 가장 큰 차이가 있지만.

그렇게 우리집의 첫 세입자가 결정될 즈음이었다. 젊어서 월세나 전세를 살아 본 경험이 있었지만 내 집을 전셋집으로 내놓기는 이번이 처음이었다. 아직까지는 내 집에서 내가 살았다. 내가 살던 집을 누군가에게 빌려준다는 것이 썩 내키는 일은 아니었다. 전문적인 임대업자가 아닌 이상 대개는 그렇지 않을까? 피치 못할 이유들이 있어서 자신의 집을 세놓는 것이 아닐까.

실버살이를 버거워하는 마누라 때문에 멀쩡한 집을 전세로 내놓아야 하는 남편은 심적으로 불편해했다. 드러내놓고 나를 비난하는 어리석은 행동을 안 했을 뿐. 안 한 게 아니라 못 했을 가능성이 크다. 나이 든 부부 사이에는 우선순

위가 완전히 바뀌고 권력의 흐름도 휘어지고 틀어지는 법이
니까. '집보다는 마누라를 선택하는 것이 훨씬 낫다'라는 조
상들의 지혜를 떠올렸을 것이다.

며칠이 지나 세입자가 된 할머니에게서 전화가 왔다.
할머니의 목소리는 매우 낮고 느려서 할머니가 말을 시작하
기까지 난 한참 기다려야했다.

"저기, 내가 종부야. 그래서 우리집이 제사가 많아요. 그
런데 식당에서 제사 음식도 판다는데요, 우리 아들이 그러
더라고……."

이게 무슨 참사인가? 식당에서 제사 음식을 판다는 얘
기는 듣도 보도 못했다. 혹시 아들이 노부모를 이곳에 모시
기 위해 그런 헛소문을 낸 것은 아닐까? 나도 할머니의 아들
과 딸을 보았지만 그런 사기를 칠 만한 사람들은 아니었다.

유복한 부모님 덕에 각자 평안하고 윤택한 가정을 이루
고 사업체도 운영하는, 밥 때문에 고생하는 어머님을 위해
전국을 뒤져 찾아낸 실버아파트로 부모님을 모시고 온 자녀
들이었다.

"할머니, 제사 음식은 아니고요, 특별 음식을 주문받아
서 해 드리긴 해요. 명절이나 집안 행사 때 미리 주문하시면
요리로 만들어 드려요."

나도 언젠가 명절에 특별 요리를 주문해서 먹어 봤지만 기대치에 못 미쳤던 기억이 있다. 그러나 맛이 있네 없네를 얘기할 필요는 없었다. 개인의 취향이니까.

　　"그러니까 제사 음식은 아들한테 인터넷으로 주문해 달라고 하시면 돼요."

　　"제사가 많아. 아, 주문하라고? 알았어요. 미안해요. 귀찮게 전화해서."

　　난 할머니의 전화가 귀찮은 게 아니라 할머니의 말이 너무 느려서 숨이 막힐 것 같았다. 할머니의 말의 길이에 따라 내 호흡이 결정되니 말이다.

　　"아녜요. 할머니, 언제든 궁금하면 전화하세요."

　　그렇게 마무리되었고 그 이후로 전화가 한 번 더 오기는 했다.

　　"저기, 전세는 처음 살아 봐서. 우리집 양반한테 커튼을 쓰지 말고 접어 두자고 했어요. 주인집 커튼이 더러워지면 안 되잖아. 그래서 묶어 두려고."

　　노부부는 방을 따로 쓰는데 할아버지가 안방을 쓸 예정이었다. 안방은 창문이 넓고 길어서 커튼도 제법 길었다. 할머니는 그 커튼을 못 쓰게 할 생각인 것 같았다.

　　"할머니, 그러시면 어떡해요. 할머니 쓰시라고 세탁해

서 걸어 놓은 거예요. TV 보실 때랑 주무실 때는 커튼 치셔
야지요. 더러워져도 망가져도 괜찮아요. 맘 놓고 쓰세요."

　　할머니는 서울에 집도 있고 상가도 있지만 이곳을 전세
로 계약하셨다. 부동산 얘기로는 우리 아파트를 매입할 능
력이 충분한 재력가라고 했다. 그래도 정보가 빈약하고 경
험해 본 적도 없는 실버아파트를 덜컥 사기는 쉽지 않았을
것이다. 그러니 나와 남편은 얼마나 무식하게 용감했는가!
　　할머니와의 전화를 끝내고 나니 나의 세입자께서 이곳
의 주민들과 함께 어울려 즐겁게 살아가셨으면 하는 바람이
생겼다. 이곳을 벗어나려는 입장에서 할 얘기인지는 모르겠
으나 그분들은 이 실버아파트와 아주 잘 어울려 보였다. 아
주 자연스럽게 화폭으로 스며드는 풍경화의 인물들처럼.

헤어질 준비

우여곡절 끝에 30평짜리 새 아파트를 분당의 30년 되어 가는 25평 아파트와 비슷한 전세 가격으로 거래하는 데 성공했다. 누구는 운이 좋았다고 했다.

이사 날짜가 잡히자 나는 바로 이사 모드로 돌입했다. 4년 동안 네 번째의 이사를 해야 하는 상황이었기에 사실 정리하고 버리고 할 짐도 없었다. 그러나 나는 매일 무엇인가 비웠고 버렸다. 처음에는 단순히 이삿짐을 줄이려고 했으나 아껴 입었던 정장이나 코트, 액세서리, 가방, 신발, 온갖 스카프와 목도리, 심지어 립스틱, 매니큐어 등을 미련 없이 버리는 내 모습에서 어떤 예감을 했다.

'나의 과거와 헤어지는구나. 지금보다 젊었던 어제와의 이별.'

은퇴 후 지난 시간을 돌아보면 나는 한두 벌의 옷과 신발로 각 계절을 잘 살아냈다. 초상집에 가는 데 필요한 검정색 옷이 여름용, 겨울용 한 벌씩 있으면 충분했다. 더 이상 필요한 것이 없었을 뿐 아니라 있는 것도 버거웠다.

가장 버리고 싶었던 것은 책이었다. 내 책은 다 버리고, 다만 매일매일 기록해 나간 다이어리 몇 권을 두고 망설이다가 결국 소각용 쓰레기봉투에 넣었다. 나의 흔적을 차마 폐휴지 처리하기는 어려웠다. 쓸데없이 많은 남편의 책을 버리고 싶었으나 그렇게 못한 것도 그래서였다. 남편은 책을 자신의 기록처럼 생각했으니까.

"매일 뭔가 조금씩 버리다 보니까 죽음을 준비하는 기분이야."

내 말에 남편은 무슨 뜬금없는 소리를 하느냐는 눈빛으로 힐끔 쳐다볼 뿐이었다. 그런데 아이러니는 이사를 생각하면서 새로운 삶에 대한 기대감이 솟았다는 것이다. 이사할 곳은 새로운 곳도 아니고 30여 년을 살아왔던 동네 근처였다. 또 집은 형편없이 낡고 좁은 데다 수납장도 하나 없는 터라 '기대'라고 하기엔 우스웠다.

"당신은 이사 갈 생각을 하면 즐거운 모양이야?"

남편이 신기하단 말투로 물었다.

"즐겁다기보다는 일단 나에게서 떠나고 싶지."

남편은 다소 어이없고 한심한 눈빛으로 흘깃 쳐다보고는 TV에 집중했다.

언제나 현재의 삶에 만족해하던 남편은 이곳도 역시 좋아했다. 사실 주변의 많은 사람들이 우리의 떠돌이 이사 결정을 염려하기도 했다. 나 스스로도 떠나는 게 맞나 가끔은 의문이었으니 남편은 오죽할까 싶었다.

"우리도 적은 나이는 아니잖아. 내가 벌써 70인데. 몇 년 나가 살다 다시 옵시다."

눈치를 살피던 남편은 결국 하고픈 말을 꺼내 놓았다.

그러나 나는 다시 돌아올 생각이 전혀 없었다. 노년의 삶이 얼마나 지속될지, 건강이 어디까지 버텨 줄지 모르니 안정된 곳에서 평안히 살자는 것이 아직은 비겁하게 느껴졌기 때문이다. 나는 나의 실버아파트와 함께 나의 초기 실버 시기의 차곡차곡 쌓인 과거와 헤어질 준비를 하고 있었다.

그런데 현재도 노인이며 앞으로는 더욱 늙어 갈 나는

어떻게 떠돌아 다니는 노년의 삶을 도모하는가. 그것은 알수 없는 미래에 거는 도박 같은 것일까? 거기에 덧붙여진 노인의 오만함일까? 말하자면 이 나이에 설사 도박에서 망한들 무엇이 아쉬울까 싶은.

이런저런 생각에 남편의 말을 흘려 듣던 나는 너그러워지기로 했다. 내일 일도 모르고 살아온 인생인데 몇 년 후에 대한 약속이 뭐 그리 어려울까 싶어서.

"그래요. 한 10년 있다가 다시 옵시다. 둘 다 살아 있으면."

꼭 다시 와

새로운 이사 업체에 이사를 맡기고 싶었으나 남편은 기어코 지난번 이삿짐 사장을 불렀다. 사람이 좋고 무엇보다 견적을 싸게 내 준다는 것이 남편의 이유였는데, 내겐 그것보다 중요한 것이 있었다. 이번 이사야말로 무슨무슨 익스프레스라고 쓰인 컨테이너 트럭으로 하고 싶었는데 그들이 사용하는 차량은 칙칙한 파란 페인트의 짐 운반 트럭이었기 때문이다. 그러나 자신이 말한 조건이 가장 중요하다는 게 그의 굳은 의지였으니 딴죽을 걸 수도 없었다.

　　여러 번 이사하며 이사를 나가는 집은 아침 일찍 짐을 꾸리는 것이 상식임을 알았으나 그렇게 하지 못했다. 우리가 들어갈 집의 도배가 언제 끝날지 모르는 상황이었기 때문이다. 부동산에서는 아마도 4시는 넘어야 할 것 같다고 했다. 다행히도 우리집에 이사 들어오는 노부부가 '손 없는 날'을 찾아 이틀 뒤에 온다고 연락이 왔다. 손이 있고 없고 간에 이 나라에서는 언제쯤 같은 날 이사 가고 이사 오는 북새통이 사라질까 싶었다.

하여튼 도배 시간을 특정할 수 없는 우리의 이삿짐 싸기는 오후 1시로 예정되었다. 날씨는 추웠고 창문은 죄다 열려 있었다. 오전에 원룸 이사를 하고 오기로 한 직원들이 점심을 제대로 먹고 왔을 리가 없어서 샌드위치와 고구마, 과일, 커피를 끓여 먹을 수 있는 전기포트를 주방에 세팅해 두었다.

그들을 기다리며 밖을 보는데 2년 7개월을 살고 떠나는 실버아파트의 풍경이 거실 창을 통해 들어왔다. 12월 중순 먹산의 머리는 흰 눈으로 덮였고 단지 내의 소나무도 여름날의 청청한 푸른빛은 아니었다. 우리가 이사 들어온 때가 5월 중순이었으니 한창 봄이 무르익던 때와는 사뭇 다른 풍경이었다.

'결국 떠나가는구나'라고 생각은 하면서도 어떤 확실한 결별의 느낌은 없었다. 이곳을 팔고 나가는 것도 아니고 우리가 집을 사서 가는 것도 아니었기에 모든 것이 시한부였던 것이다. 계약 기간인 2년간 무슨 일이 생길지는 아무도 모르는 일이었다. 공연히 마음이 허전해지는 때에 익숙한 목소리가 들렸다.

"이사 간다더니 오늘인가 봐."

우리가 처음 이사 오던 날 현관을 무사 통과해서 들어온 1004호 할머니였다. 우리에게 자신의 집에 놀러오라고 처음 초대하셨던 그 할머니.

할머니는 여전히 굽은 허리로 자기 집처럼 들어와서는 집을 둘러보았다.

"아유 집이 넓으네."

할머니는 우리집을 볼 때마다 했던 얘기를 이사 가는 날에도 했다. 때마침 도착한 이삿짐 센터 직원 둘과 우리 부부, 그리고 할머니가 거실에 함께 있었다. 할머니는 주방 쪽에 차려진 간식 테이블을 흘깃 봤다.

"아, 할머니 이 귤 좀 드세요. 귤 맛이 좋아요."

나는 얼른 비닐봉지에 귤을 열댓 개 넣어서 드렸다.

"아유 뭘, 우리집에도 귤 있어."

할머니는 손사래를 치면서도 귤 봉지를 받아들었다. 할머니는 언제나 그랬다. 주로 먹을 것을 나눠 드리곤 했는데 그때마다 자기 집에도 있다고 하셨다. 아마 그건 사실이었

을 게다. 효심 좋은 아들 며느리가 수시로 드나들며 챙겨 드리곤 했으니까.

　귤 봉지를 들고 집으로 돌아간 할머니는 10분쯤 후에 다시 나타났다. 손에는 불투명한 비닐로 꽁꽁 싸서 묶은 뭔가가 들려 있었다.

　"이거 비눈데, 엄청 좋아. 세수할 때도 쓰고 목욕할 때도 써. 머리도 감고 빨래도 해. 엄청 좋아."

　누가 할머니에게 수제 비누를 만들어서 준 모양이었다. 그 아까운 비누를 세 개씩이나 비닐에 넣어 꽁꽁 묶어서 들고 오신 것이다.

　"감사해요. 할머니. 건강하세요."

　비누를 받아들며 작별 인사를 했더니 할머니가 내 손을 잡으며 진정으로 섭섭하다는 듯 말씀하셨다.

　"정 들자 이별이네. 근데 언제 와? 나 죽기 전에 와야지?"

　그 말을 듣는 순간 갑자기 내가 뭔가 잘못한 것 같았다. 할머니가 돌아가시기 전에 다시 와야 할 것 같은, 아니 떠나면 안 될 것 같은 그런 느낌이었다.

　"예, 할머니. 앞집에도 인사 못 하고 1003호에도 인사를 못 하고 가네요. 꼭 좀 전해 주세요. 죄송하다고."

할머니의 질문을 회피하면서 말머리를 돌렸다. 그러자 할머니는 자신의 질문과는 상관없이 다른 얘기를 시작했다.

"이 집 앞집은 사람이 좋아. 맨날 뭘 먹을 걸 손잡이에 걸어 놓더라고. 미안하게."

우리 앞집을 얘기하는데 나도 몇 번인가 푸성귀며 과일을 받은 기억이 났다.

"그런데 우리 옆집은 싸가지가 없어."

할머니 옆집이란 유일하게 우리집에 와서 차를 마시고 담소를 나누던 1003호였다. 1003호는 나이도 우리 부부와 비슷했고 복도에서 자주 마주쳐 가깝게 느끼던 이웃이었다.

"지난번에 내가 넘어졌거든? 땅에 철퍼덕 넘어져서 피가 나고 막 그랬어. 사람들이 다 모여서 어떡하냐고 걱정하고 나를 집에까지 데려다줬는데 저 싸가지가 뭐라고 했는지 알아?"

처음 듣는 얘기였다. 적어도 하루에 한 번 정도는 식사하러 갈 때나 산책하는 길에 할머니와 마주쳤기에 오랫동안 못 본 기억은 없었다. 그러나 사실과 상관없이 할머니는 자신이 크게 다쳤고 힘들었던 사건인 양 얘기했다.

"어머, 언제 그러셨어요? 제가 몰랐네요."

난 일단 할머니의 의견을 존중해야 했다.

"말도 말아. 내가 그래서 이틀 동안 밖에도 못 나가고 그러는데 저 싸가지가 그러는 거야. '살다 보면 넘어지기도 하죠.'"

갑자기 웃음이 나려고 해서 얼른 정신을 차렸다. 1003호가 할머니 약 오르라고 그런 얘길 하진 않았을 테고, 아마도 그 정도이니 다행이라는 뜻으로 얘길 했으리라. 그러나 사람에 대한 호불호가 너무나 명확한 우리 1004호 할머니에게 1003호는 어떤 경우에도 '싸가지 없는 여편네'였다. 반면에 나는 맘에 드는 이웃이었으니 얼마나 다행인지.

할머니는 넘어진 일과 1003호의 반응 그리고 꾸준히 무엇인가 공급했던 우리 앞집 이야기를 길게 했다. 우리는 이삿짐 꾸리는 데 방해가 될까 복도에 나와서 이야기를 하고 있었다. 한기가 든 나는 할머니가 걱정되어 말했다.

"할머니, 날씨가 춥네요. 들어가세요."

그러자 할머니는 울 듯한 표정으로 다시 내 손을 꼭 잡았다.

"꼭 다시 와야 해. 내후년이면 올 거 아냐? 2년이라며?"

실버아파트가 힘들어 떠나는 나는 다시 돌아오라는 할머니의 말씀에 어떤 대답도 할 수가 없었다. 더욱이 할머니가 죽기 전에 오라는 말에는 더욱 자신이 없었다.

누가 알겠는가. 할머니가 먼저 돌아가실지 우리 중 누

가 먼저 죽을지는 아무도 모르니까. '할머니, 그동안 고마웠습니다. 할머니 같은 이웃이 계셔서 기뻤어요.'

혼자 사는 노인이 많은 실버아파트에서 외려 동떨어졌던 우리 부부에게 할머니는 기분 좋은 소란과 함께 아파트 소식을 전해 주는 분이었다.

그렇게 난 할머니와 작별했다. 나의 초기 실버 시절과도.

그곳을 떠났나?

"가까운 곳으로 이사를 해서 내 마음이 다 편해요."

맘씨 좋은 K는 진정으로 나의 이사를 반겼다. 가까운 곳의 기준은 우리가 공동으로 사용하며 그림을 그리는 작업실이었다.

작업실과 실버아파트는 대중교통으로 한 시간 30분 이상이 걸렸다. 지금은 20분 정도면 오갈 수 있으니 가까워진 것은 사실이다. 아이들과의 거리도 훨씬 가까워졌다. 말하자면 이사 후에 사람들과 만나기 위해 걸리는 시간이 줄었다는 것이다.

'그런데 그게 뭐?' 마음속에 의문이 일었다. 사람들과 가까워지기 위해 이사를 한 것이 궁극적인 이유였는가 하는 것이다. 얼마 전 J가 한 얘기가 생각났다.

"지난번에 차 타고 지나가는데 길가에 있는 아파트 베란다에 노인이 우두커니 앉아 계시더라고. 그걸 보니까 아유, 노인은 도시에 살 일이 아냐."

그때 나는 J의 말에 망설임 없이 공감했다.

"그래, 일하는 젊은이가 도시에서 살아야지. 노인들은 도시보다는 시골에서 사는 게 훨씬 고상하지 않아?"

"고상까지는 모르겠고, 하여간 도시의 아파트는 아닌 것 같아. 수도권에 주택을 알아봐야 할 모양이야."

노인들이 도시에 머무는 것은 민폐라는 평소의 생각 때문에 6년 전 난 도시를 떠났다. 우리 부부는 은퇴했고 더 이상 도시에 있을 이유가 없었다. 나의 전원주택 살기는 J를 비롯한 여러 사람의 지지를 받아 시작되었다. 그러나 전원생활도 주택살이도 6개월 만에 접어야 했고, 우여곡절과 실버 아파트까지 거친 끝에 떠났던 그 도시로 돌아온 것이다.

나는 왜 나와 같이 늙어 버린 이 오래된 도시에 다시 왔을까? 귀소본능이라기엔 궁색했다. 지금 이곳이 내 삶에서 가장 오래 산 곳이긴 해도 고향이라고 할 수는 없었기 때문이다. 태어난 곳이야 있지만 학교 따라, 직장 따라, 신혼집 따라 떠돌이 삶을 살아온 내게 고향은 없었다. 그건 내 또래들도 비슷했다. 분명히 정착민의 후손으로 태어났으나 전쟁 세대인 부모의 삶을 따라 많이 떠돌았다. 잠재적 실향민이기도 했고, 어려서 고향을 떠난 실제 실향민들이기도 했다.

마음속에 알 수 없는 불편함을 품은 채 가까운 맹산을 향해 길을 나섰다. 이사한 지 열흘 만이었다. 어쩌면 이곳에서의 산행은 실버아파트의 먹산을 기억했음인지 몰랐다.

20여 년 만에 오른 맹산은 그대로였다. 이전보다 좀 더 순하게 느껴졌을 뿐. 산이 순하게 느껴진 것은 어쩌면 내가 더 사나워졌기 때문인지도 몰랐다.

아니면 20년 전에는 맨손으로 오르던 것을 이젠 양손에 등산용 스틱을 짚고 훨씬 느린 걸음으로 오르내려서인지도 모르겠다. 어찌되었든 산은 다정했고 익숙한 갈래길을 보여주다가 지우곤 했다. 젊었던 때의 잔잔한 추억들이 산의 여기저기서 숨바꼭질하듯 나타났다가 사라졌다. 현재가 어떤 영향력도 행사할 수 없는 과거는 때때로 나에게 이렇게 무장 해제를 요구했다.

그렇게 현재와 과거가 뒤엉킨 채 정상인 종지봉에 올랐

다. 추위 때문이었겠지만 종지봉엔 사람이 없었다. 마치 떠나온 먹산처럼.

낡은 벤치에 앉아 따뜻한 물을 마셨다. 주변은 온통 흰 눈이었는데 눈을 들어 보니 익숙한 짙푸른 하늘이 다가와 있었다. 손그늘로 햇볕을 가리는데 생각지도 않게 실버아파트가 스쳤다. 그것은 아주 느린 모노레일을 타고 보며 지나는 풍경 같았다. 내가 그곳에 살았었다는 사실이 비현실적으로 느껴졌다. 어딘가 모를 곳을 꿈에서 다녀온 느낌이었다.

정말 그곳은 특별한 세계였다. 평범한 사람들이 평범하게 살아가는 평범한 아파트였음에도 다른 세계였다. 실버들만의 세계.

한겨울의 눈 속에서 실버아파트는 봄밤처럼 포근했으나 아스라했다. 그래, 언제고 떠돌이였던 나는 또 언제쯤 실버아파트를 향해 가야겠다는 생각이 들지도 모르겠다. 내 삶이 지루할 정도로 평안하며 기억이 초저녁처럼 어스름할 때쯤일까. 그곳을 떠나던 마음이 추억으로 되돌아설 때일까. 나와 남편의 나이가 더 이상 도시를 견뎌 내지 못할 때일까.

그곳을 떠나왔어도 아직 그곳을 떠나지 못하고 있는 듯한 개운찮은 느낌은 또 다른 낯섦이었다.

3장

실버기의
초입에서

나를 죽게 하라

며칠 전에 후배 아버지의 부고를 받았다.

예뻐지려고 쌍꺼풀 수술을 했는데 오히려 미워졌다며 남편이 타박한다고 까르륵대던 명랑한 후배였다. 후배의 아버지는 비교적 이른 나이에 가셨다.

"지난 주까지도 거동은 하셨어요. 식사는 안 하셨지만. 음식을 끊으시고는 18일째, 자리에 누우시고는 사흘 만에 가셨어요."

후배의 아버지는 건강한 편이셨는데 얼마 전부터는 전립선 이상으로 화장실에 하루에도 스무 번씩 드나드셨다고 했다. 얼마나 힘드셨을까. 생각해 보면 하루종일 화장실만 다니는 삶이 되어 버린 것이다.

당신의 회복이 불가능하다는 걸 아신 아버지는 결심하고 딸을 불러 단호하게 말씀하셨다고 한다.

"나를 죽게 하라."

아무것도 할 수 없고 오직 화장실만 다니는 삶이니 이제 그만 살아야겠다고 하셨다는 것이다.

"아니, 아버지, 그래도 그렇지. 어떻게 아무것도 안 드시고 돌아가신다고 하세요?"

"내 말대로 해라. 병원에서 코줄 끼고 천천히 죽고 싶지 않다."

결국 모든 음식을 끊고 물만 조금씩 드셨는데 그 기간이 18일이었다고 한다. 금식이 길어지면서 통증이 동반될 때는 강력한 진통제를 투여하곤 했는데, 그것이 치료의 전부였다고 했다. 18일 동안 딸과 매일 차분히 하고픈 말씀을 다 나누시고, 다른 가족과도 충분한 이별의 시간을 가지신 후에 조용히 운명하셨다고 했다.

"그렇게만 갈 수 있다면 얼마나 좋을까? 축복이지."

2주 만에 만난 토요일 모임에서 후배의 이야기를 전해 들은 친구들은 한결같이 부러워했다. '이게 부러워할 일인가?' 하는 생각이 순간 들었지만 마땅히 부러워할 일이었다. 부러움의 분위기가 감돌고 있을 때 칼칼한 목소리가 쳐들어왔다.

"그렇기야 하지만 얼마나 고통스럽겠어? 지켜보는 가족도 그렇고. 그렇게 그냥 굶어 돌아가시겠다는 아버지를 보고만 있을 가족이 얼마나 되겠어? 너라면 그렇게 하겠니?"

그 또한 맞는 말이었다. 목소리대로 성질도 칼칼한 잠실댁이었다.

"죽음을 선택할 수 있다고 생각해? 단식? 스위스 안락사? 그게 선택일 거 같아?"

"선택이 아니면? 뭐, 운명이야?"

잠실댁과는 상대가 안 되게 유순한 분당댁이 느리게 되받았다.

"어떻게 사람이 자기 맘대로 죽을 수 있다고 생각해? 그건 오만이야."

잠실댁은 지지 않았다. 난 그녀가 신앙이 있다고 생각해 본 적 없지만 지금 말을 종합해 보면 신앙이 없다고도 못할 일이었다.

"자살은?"

분당댁에 이어 광주댁도 새로운 물음을 잇댔지만 시끄럽기만 한정 없었다. 하여튼 토요일 모임은 갑자기 죽음에 대한 컨퍼런스가 되었다. 우리는 각자의 생각을 가감 없이 떠들어 댔고, 결론은 당연히 없었다.

"후배 아버지처럼 죽는 분도 있지만 우리 언니 대장암 수술 마치고 나서 그러더라. '5년 시한부네. 그 정도 살면 됐지 뭐.' 죽음에 대한 자세가 이 정도면 괜찮은 거 아냐?"

이야기를 끝내고 싶어 안달난 나의 말에 위례댁이 마침표를 찍었다.

"그래, 어차피 우린 시한부야. 각자 알아서 잘 죽자."

나의 토요일 모임은 30년이 되어 가는 묵은 모임이다. 시작은 30대였고 지금은 모두 60대가 되었다. 시작했을 당시 20대였던 한 명만 빼곤.

그런데 이 모임에서 죽음이 주제가 된 것은 그리 오래된 일이 아니다. 멤버들 나이가 평균 60이 되면서부터 죽음은 좀 더 가깝고 평범해졌다. 그동안 부모나 시부모, 가끔은 친구들의 죽음도 겪었지만 아직 멤버들이나 그들의 배우자가 죽음에 이른 경우는 없었다. 그런데 이제는 친구와 배우자뿐만 아니라 자신의 죽음까지도 구체적으로 생각해야 하는 때가 온 것을 우리 모두는 느끼고 있었다.

"죽는 게 사는 것처럼 당연한 거지 뭐. 별날 것 없는."

느닷없는 잠실댁의 한 마디에 우리는 모두 말없이 웃었

다. 아니, 웃고 싶었다.

어쩌면 나이가 든다는 것은 상당히 괜찮은 일이었다. 죽음을 기뻐할 것까진 아니어도 슬퍼할 일도 아니라는 것. 죽음에 대해 상당히 구체적으로 접근해 간다는 것과, 나름 계획까지 세워 볼 수 있다는 것. 심지어 '나를 죽게 하라'고 도 할 수 있다는 것.

물론 계획대로 되지 않는 게 죽음인 것은 알지만. 하여간.

노인이 되는 법

지하철은 제법 붐볐다. 토요일 점심 시간이었음에도 사람들은 밥도 안 먹는지 어딘가로 가고들 있었다. 이른 점심을 먹고 길을 나선 나도 그들 눈엔 그렇게 보였겠지만.

성남에 있는 작업실에 가기 위해선 내가 사는 경기 남부에서 세 개의 지하철 노선을 타야 했다. 그중 두 번째 노선을 타서 사람들 틈에 섞여 지하철 손잡이를 잡았다. 앉아 있는 사람이나 서 있는 사람 모두 스마트폰에 얼굴을 붙이고 있어서 서로를 볼 일은 없었다. 어떤 사람들은 서로의 얼굴을 멀거니 볼 일이 없는 현재의 상태가 편할 수 있겠다 싶었다.

스마트폰을 가방에 쑤셔 넣은 나는 차창에 비치는 나의 모습을 보고 있었다. 얼굴을 멀쩡히 들고 가만히 서 있는 사람은 나밖에 없는 것 같았다.

그때였다. 앞자리의 남자가 부스럭거리며 일어섰다. 내리려나 보다 하고 옆으로 비켜 서는데 남자가 내 소매를 끌어당겼다.

"여기 앉으세요."

잡아끄는 힘이 예사롭지 않게 강했다. 나는 힘에 끌려 자리에 앉혀졌다.

"아니, 왜요?"

내 입에서 나온 말이었다. 내리려면 곱게 내리지 뭘 굳이 날 끌어당겨 앉히느냐는 뜻이었다.

하여튼 자리에 앉은 나는 뭔가 불편했다. 다리를 꼭 모으고 허리는 좌석에 기대지 않은 채 꼿꼿이 세운 채로 두 손을 단단히 맞잡았다. 남자는 다음 역에 내리는 것도 아니었고 심지어 다른 곳으로 옮겨 가지도 않았다. 골프 가방 같은 것을 자기 다리에 기댄 채 내 앞에 떡 버티고 서 있는 것이다.

'아는 사람인가?' 몰래 얼굴을 살폈지만 생면부지의 40대 남자였고 그는 분명히 내게 자리를 양보한 것이었다.

버스고 지하철이고 자리를 양보받아 본 적이 없는 나는 내가 자리를 양보했던 경우를 생각했다. 모든 경우의 수에서 지금 내게 해당되는 항목은 한 가지였다.

'노인이라서?'

이유는 그것밖에 없었다. 그런데 나는 노인으로 보기에는 여러 가지가 맞지 않는 모양새였다. 청바지에 워커를 신었고 검정색 후드 티셔츠에 소위 항공점퍼라고 하는 겉옷을 걸쳤다. 아들이 쓰던 검정색 야구 모자를 썼고 심지어 마스크도 했으니 내 얼굴에서 보이는 곳이라고는 눈뿐이었다. 머리카락도 아직 흰머리가 드러날 정도는 아니었다.

그러니 계속해서 이건 뭐지? 하는 생각이 들었다. 뭔가 석연찮은 상태에서 남자가 내리길 기다렸다. 왠지 그가 내려야 자리를 양보받았단 증거가 사라질 것 같았다. 아, 사람들이 왜 증거 인멸을 하는지 이해가 되는 순간이었다.

목적지에 도착해서 비탈에 있는 작업실에 걸어 올라가는 동안에도 여전히 마음이 이상했다. 기분이 상한다거나 좋거나 싫은 것과는 다른 묘한 감정이었다.

"언니, 자리 양보받았다고?"

"경사 났네. 그런데 그 사람 눈썰미가 대단하다. 언니를 노인으로 보고 자리를 양보하다니."

미리 와 있던 후배들이 내 말을 듣고 즐거워하며 떠들었다. 그래 봐야 그들도 2~3년 안에 내 나이에 도달할 준노인들이었지만.

"어떻게 알았을까? 다 가리고 위장을 했는데 말야."

위례댁이 나를 찬찬히 뜯어보다가 손뼉을 딱 쳤다.

"알았다, 언니. 눈이야. 눈이 퀭하잖아. 언니 눈이야 본래 좀 들어가 있지만 퀭해 보여서 그랬을 거야."

"피곤해 보여서?"

"아니, 늙어 보여서."

그러면서 자기들의 사례를 자랑처럼 늘어놓기 시작했다. 위례댁이 엘리베이터에서 유치원생 아이를 데리고 탄 젊은 엄마를 만났는데 아이가 먼저 내리려고 하자 젊은 엄마가 그랬단다.

"할머니 먼저 내리셔야지."

위례댁은 결혼식장에 가는 길이어서 머리와 화장에도 신경 쓰고 하이힐까지 신고 있었다고.

"우리만 모르는 것 같아요. 전에 어떤 아이가 제 손을 보더니 '선생님 손은 우리 할머니 손하고 똑같아요.' 그러더라니까요? 저는 완전히 할머니 선생님이에요."

광주댁은 모델 몸매에다 프리미엄 정장을 고수하는 정통파 현직 선생이었다.

"그래도 자리 양보는 안 받았잖아."

내 말에 우리 모두는 작업실이 떠나가게 웃었다.

우리가 노인인 걸 우리만 모르는 게 맞는 것 같았다. 아니, 각자 알면서도 모른 척 지나는 것인지도 몰랐다. 어쩌면 노인이 홀대받는 시대이기 때문에 노인이 되어 가는 현실을 애써 외면하고 있는 것일까?

나의 부모 세대가 쉰이면 흔연히 노인의 삶을 받아들였던 것과 달리 나는 환갑을 넘기고도 스스로 노인이란 사실을 남을 통해 알아 가고 있다. 가르쳐 주지 않으면 스스로 알아 가기 어려운 세대인가 보다. 우리는.

어쨌든 그렇게 노인이 되는 법을 배워 간다.

전셋집 도배하기

이사간 집의 주인 여자는 나보다 여섯 살 어렸다. 그런데 실제로는 10년 이상 어려 보였다. 주인 여자가 어려 보인다는 것에 불만은 없었다. 여자의 말소리는 단정했고 어깨를 덮는 웨이브 진 머리에 어울리는 아름다운 외모를 가지고 있었다. 내가 생각하는 품위 있는 부르주아였다.

여자는 은회색 모피 조끼를 블라우스 위에 걸친 가벼운 차림새였다. 강추위에 롱 패딩을 입은 나는 솜이불을 두른 것 같아서 둘은 마치 다른 기후대에 사는 사람 같았다. 그럼에도 여자에 대한 느낌이 좋았다. 미모에 여유와 품위까지 있는데 나쁠 이유가 없었다.

"차가 퓨마야."

전셋집으로 가기 위해 부동산 밖으로 나오는데 여자가 쥐색 자동차에 타고 있었다.

차에 대해 아는 바가 없는 나는 꽁무니에 붙어 있는 날렵한 짐승을 보며 남편에게 아는 체를 했다.

"재규어네. 좋은 차야."

남편이 오랜만에 자신의 실력을 뽐냈다. 퓨마와 재규어를 굳이 분류해야 하나 싶었지만 차 이름에 퓨마가 없는 것은 맞았다. 퓨마는 운동화나 티셔츠에 있었던 것 같다.

여자는 재규어를 타고 우리는 오래된 기아 차를 탄 채 전셋집으로 갔다. 부동산 중개인의 요청으로 여자는 자신의 집이자 우리의 전셋집을 처음으로 보게 되었다. 계약하는 날도, 우리 짐이 들어오는 날도 여자는 오지 않았다. 임대만 하고 있을 뿐 거주했던 적도 없고 그럴 일도 없는 집이니 당연했다. 여자는 몇 년 전 투자 가치를 보고 명품 가방을 사듯이 집을 샀고 그냥 임대 중이었다.

그런데 여자가 5퍼센트 인상한 전세금을 잘못 계산하는 바람에 우리는 백오십만 원을 되돌려 받는 계약서를 다시 쓰게 되었고 그 바람에 여자의 전셋집 방문이 이뤄진 것이다.

"아유, 거실 등 갈아야겠네. 이거 28년 된 거예요."

부동산 중개인은 재빨리 근처에서 공사 중이던 인테리어 업자를 불렀다. 그러고 보니 거실 등은 껍질이 덜렁거려서 투명 테이프를 붙여 놓은 것이 아래서도 보였다. 그런데 우리는 계약 당시 그걸 왜 못 봤을까? 그 이후에 덜렁거리게 된 것일까?

"어머 그래요? 지난 번 입주하신 분은 얘기가 없으셔서 그냥 바닥하고 베란다 탄성코트만 해 드렸거든요. 갈아야죠."

여자는 여전히 차분했고 상냥했으며 잘 몰랐다는 톤이었다.

"주방 등도 너무 어둡고 안방, 작은 방 등도 다 갈아야겠네요."

인테리어 업자는 모든 등의 견적을 내며 말했다.

"그래 주세요. 집이 밝아야지요."

여자는 다 오케이였다.

그런데 문제는 화장실이었다. 계약할 당시는 얼룩이 있다 싶었는데 막상 사용하려니 여기저기 지저분한 곳이 많았다. 사실 그 정도의 화장실은 이틀만 사용해도 적응되는 나이이기는 했으나.

"사모님, 화장실은 좀 해결해 주셔야겠어요. 여기 사모님이 화장실 가기가 싫으시대요."

부동산 중개인이 거들었다. 그러자 주인 여자는 인테리어 업자를 보며 부탁하듯 말했다.

"사장님, 어떻게 좀 해 드려야겠는데요."

"아하, 이거 참. 타일 공사 하려면 배보다 배꼽이 더 커요. 더구나 화장실 전체 공사도 아니고 한쪽 벽면만 하자니 어렵겠는데요?"

우리는 모두 인테리어 업자의 처분을 기다렸지만 그는 다른 처방을 내리지 않았다. 매우 귀찮으며 신경 쓰이고 돈도 안 되는 일을 왜 하겠는가? 그럴 만했다.

그래서 때 맞춰 고장 난 샤워기를 교체하고 세면대 수전을 손보는 방향으로 일단락되었다. 나는 좀 실망했지만 계약 당시에 도배만 하는 조건이었기 때문에 사실 더 요구하기는 무리였다. 무엇보다 인테리어 업자가 못 하겠다는데 어쩔 수 없었다.

좁은 아파트에, 그것도 전세로 입주한 상황을 나보다 여섯 살 어린 주인 여자는 안쓰러워하는 것 같았다. 그녀는 교양 있게 전혀 티 내지 않았지만 그 감정이 내게 전해졌다.

그러나 전혀 안쓰럽지 않은 나는 스스로 화장실을 해결하겠다고 나섰다.

"화장실은 제가 알아서 할게요. 방법이 있겠죠?"

나의 말에 주위 사람들의 반응은 굉장히 우호적이었다. 인테리어 업자도 싫다고 한 일을 이 늙은 세입자는 어쩌려는가 하는 의구심은 우리 남편 외에는 아무도 갖지 않았다.

그 다음날부터 나의 화장실 보수 작업이 시작되었다. 보수 작업이란 타일에 칠해진 페인트를 벗겨 내어 곰팡이를 원천 봉쇄하는 것이었다. 누가 했는지는 모르나 멀쩡한 베이지색 타일에 흰색 페인트가 칠해진 화장실은 시간이 지나면서 점점 안쪽의 색깔이 바깥으로 배어 나왔다. 그리고 물이 많이 닿는 세면대 아래쪽 타일에는 페인트 속에 곰팡이가 살고 있었다.

일단 2박 3일 동안 틈틈이 페인트를 벗겨 내고 또 벗겨 냈다. 쭈그려 앉아 작업해야 하는 부분이 있고 페인트가 두 번 칠해진 부분은 타일처럼 단단해져서 잘 벗겨지지 않았다. 그 와중에 줄눈과 깨어진 부분을 보수할 타일 두 판까지 신청했다.

타일을 벗겨 내는 동안 남편은 여전히 베짱이였지만 미

안해하며 TV 시청을 자제했다. 남편의 과잉 배려였다.

"그냥 신경 쓰지 말고 TV 봐요. 내가 좋아 하는 일이니까."

타일 페인트를 벗겨 내며 보내는 시간은 충분히 피곤하고 소모적이었다. 그러다 뜬금없는 생각이 들었다. 핏대를 세워 가며 화장실 타일을 벗겨 내다 갑자기 죽을 수도 있겠다는. 얼마든지 가능한 일이었다. 과로사나 돌연사가 얼마나 많은 세상인가?

그렇게 되면 어찌 될까? 일단 사망 원인을 설명할 남편이 너무 민망할 것 같았다.

"집사람이 전셋집 화장실 페인트 벗기다 갔네요."

이 나이에 화장실 보수를 자청한 나는 아직도 늙었다는 생각을 못 하고 있는 걸까?

무료 교통카드 유감

남편은 아침부터 좀 들뜬 상태였다. 은퇴 이후엔 좀체 일찍 씻는 법이 없는 사람이 일찌감치 머리를 감고 옷을 갈아입었다. 많이 빠지고 가늘어진 가난한 머리카락을 정성스럽게 고르며 콧노래까지 흥얼거렸다.

"모자를 쓸까? 중절모?"

거울 앞에서 한참 모양을 내던 남편이 욕실로 들어가는 내게 던진 질문이었다. 하긴 그는 늘 외출 전에 모자를 쓸지 말지를 물었다.

"왜? 어디 가?"

생뚱맞은 표정으로 남편에게 물었다.

"농협 가야지. 오늘 무료 교통카드 신청하기로 했잖아."

'아!'

생일을 지내고 하루가 지난 월요일이었다.

남편은 내가 국가 공인 노인이 된 것이 마치 축하할 일인 듯 즐거워했다. 그동안 홀로 노인인 듯해서 외로웠을까? 그래서 마누라를 국가가 빨리 노인으로 지정해 주길 간절히 바랐나? 설마 모든 교통 수단도 아닌 오직 지하철에만 무료 승차가 가능한 이 카드로 교통비 절약을 꿈꾸었나? 아니면 공짜로 지하철을 이용하는 기쁨이 남달라서 함께 누리고 싶었을까?

어떤 이유였던 간에 난 남편처럼 즐겁지 않았다. 그렇다고 무료 교통카드 따위는 필요 없다고 대놓고 맞설 용기도 없었다. 카드를 발급받든 않든 내가 무료 교통카드 발급 대상자라는 사실은 변하지 않을 테니까.

신기한 것은 이 무료 교통카드 발급에 대한 국가의 태도였다. 코로나 시국이 되면서 주사를 맞아라 예약을 해라, 또 늙었다고 폐렴 주사를 맞아라, 멀리서 지진이 났으니 어떻게 해라, 얼마 전엔 여권을 바꿔라 어째라 하던 국가는 이 무료 교통카드에 대해선 조용했다. 아마도 그 정도는 알아서 하라는 뜻이었을까? 아니면 모르고 지나가면 그만이란 뜻이었을까? 그것도 아니면 내가 잔소리를 놓친 것이었을까?

하여튼 나는 묘한 마음으로 근처 농협에서 아주 쉽게 카드를 발급받았다. 카드를 휴대폰 뒤통수에 꽂아 놓고는 최초로 무료 승차를 했다. 비록 경전철이긴 했으나 개찰구에서 카드를 찍고 나가는 기분은 일반 카드와 다르지 않았다. 누가 일부러 카드를 보여 달라고 하지만 않는다면 그 불그스름한 카드를 내보일 일은 없었다.

아무 생각 없이 경전철의 차창을 내다보며 가는데 얼마 전 들은 지인의 말이 생각났다.

"처음엔 너무 이상했어요. 내가 노인이라니 말야. 그런데 써 보니까 너무 좋더라구요. 얼마 전엔 무료 카드를 안 갖고 나와서 그냥 내 신용카드로 찍는데 아깝더라니까! 정말 좋아요. 이 카드."

그녀는 누가 보기에도 세련미가 철철 흐르는 시니어였다. 자주 비싼 브런치를 즐기고, 홀로 산책을 하다가도 새로운 카페가 생기면 주저 없이 들어가 핸드드립을 주문하는, 비싸 보이는 꽃을 사서 화병에 꽂기를 좋아하는 영락없는 부르주아였다. 그녀에 비하면 나의 생활 방식은 프롤레타리아에 가까웠다.

그런데 부르주아와 프롤레타리아가 똑같은 무료 승차 카드를 함께 받아 사용하는 것이다. 오로지 기준은 하나. 만 65세가 지나면 된다는 것. 지하철의 유토피아가 이루어지고 있는 것이다.

무료 승차 첫날 집에 돌아와 습관처럼 네이버 뉴스를 보던 나는 지하철 공사 누적 적자가 어마어마하단 기사를 읽고 말았다. 그 원인은 노인 무료 승차라는 얘기가 사족처럼 붙어 있었다.

'도대체 노인들이 얼마나 싸돌아다녀서 이런 사달을 만드는가?' 갑자기 내 붉은 무료 교통카드를 꺼내 버려 버리고 싶은 생각이 들었다.

'누가 무료 교통카드를 달라고 했나? 지들이 발급해 주고는 무슨 소리야?' 사실 무료 교통카드를 안 쓰면 그만이었다. 기사를 보고 화를 낼 것이 아니라 지하철 공사의 적자를 함께 걱정해 주었을 수도 있다. 그런데 난 화가 났고 부분적으로 창피했고 가난한 젊은 세대에게 미안했다.

하지만 다음 순간 난 또 다른 생각을 하고 있었다. '뭐야? 무료 교통카드를 쓰는 노인들 때문에 지하철을 증차하는 것도 아니고 차량을 더 붙여 다니는 것도 아니잖아? 그냥 지하철은 시간표대로 왔다 갔다 하고 그 시간표대로 노인들도 왔다 갔다 할 뿐인데 어떻게 노인들이 그 엄청난 적자의 원흉이라고 하는 걸까?

나름대로 논리를 펴는 자신을 보며 아마도 무료 교통카드를 포기하는 일은 없을 거라고 생각했다. 아, 드디어 진정한 노인이 되어 가고 있구나. 축하를!

남편의 가발

처음엔 그냥 지나가는 말 정도였다.

"당신 기다리다가 7층에 가발 회사가 보이기에 전화 한 번 해 봤어."

내가 다이소에 물건을 사러 간 사이 남편은 주변을 어슬렁거렸고 그러다 간판을 본 모양이었다.

"왜? 가발 하게?"

나는 무심히 물었다. 남편은 가발을 하고 싶다고 단 한 번도 말한 적이 없었기 때문이다.

"아니, 그냥. 꽤 비싸네."

남편의 말을 귓등으로 흘리며 근처 야채 가게에서 산 물건을 남편에게 들리고 집으로 돌아온 것이 며칠 전이었다.

"오늘은 미세먼지도 많고 하니까 집에서 요리하지 말고 나가서 먹지 그래?"

겨우 청소를 마치고 커피를 마시는데 남편이 밖을 내다보며 말했다.

"그러지 뭐."

오랜만에 바깥 음식을 먹으러 왔는데 날은 포근했으나 먼지가 그득했다. 남편은 잊지 않고 중절모를 찾아서 썼다.

언제부터인가 남편은 중절모를 사기 시작했고 그 수가 늘어서 서너 개는 되는 것 같았다. 머리카락 빠지는 일이야 남녀를 막론하고 늙음의 과정이라서 난 대수롭지 않게 생각했다. 비어 버린 머리를 가리고 싶은 그 마음도 이해가 되었기에 그의 중절모에 대해서는 노코멘트였다.

점심을 먹고 산책을 하자는 남편의 말에 이끌려 지하철역 근처까지 오게 되었다. 좌판에서 파는 싼 과일이나 사 가지고 올 요량이었다. '장바구니를 안 갖고 왔네.' 난 그런 생각만 하고 있었다.

"저기야. 저기 7층."

남편이 손으로 가리킨 것은 오래된 건물이었고 내가 예전부터 알아 왔던 건물이었다.

"상담만 받아 보려고. 꼭 해야 되는 건 아니잖아."

남편은 나를 이끌며 뭔가 자신 없는 어투로 말했다. 그때서야 남편이 가발을 하고 싶구나 하는 생각이 강력하게 들었다. 그리고 가격이 어떻든지 해 주어야겠다는 결심을 했다. 표현하진 않았지만 나날이 빠져 가는 머리칼을 참으로 안타까워했겠구나 하는 생각이 그제야 들었다.

"모자 벗고, 마스크도 벗으시고 이리 앉아 보세요."

자신이 만든 가발을 장착한 사장은 매우 조심스럽고 귀하게 늙은 손님을 대했다. 남편의 외투와 모자와 머플러까지 정성스럽게 옷걸이에 걸고 그는 남편의 머리를 빗겼다. 아주 가늘고 촘촘한 빗은 그보다 가늘고 너무 가난한 남편의 머리카락을 어려움 없이 통과했다. 넓어진 이마를 덮으려고 가르마보다 훨씬 아래쪽에서부터 머리를 끌어 빗은 남편의 머리카락은 유난히 한쪽이 길었다.

그 모습을 보고 있자니 그의 삶이 신산하게 느껴져 마음이 짠했다. 남편은 자신에게 잃어버린 머리칼을 얹어 주고 싶었구나.

"와, 10년이 아니라 거의 20년은 젊어 보여요."

나는 감탄했다. 임시 가발을 쓴 남편의 모습은 젊은 시절의 그를 떠오르게 했다. 아직 머리칼이 남아 있는 시동생의 얼굴과도 오버랩되었다.

"사장님, 꼭 해 주세요. 흰색 머리칼 적절히 섞어서 자연 스럽게요."

나는 정말 간절하게 남편에게 머리카락을 선물하고 싶 었다. 마치 그에게 잃어버린 30년쯤의 세월을 돌려주는 기 분이었다.

"괜히 했나 봐. 여러 가지로 귀찮을 것 같은데……."

돌아오는 길에 남편은 또 망설이는 발언을 해서 나를 긴장시켰다.

"아유, 모자 썼다 벗었다 하는 것 보단 나아요. 양복 한 벌 해 입었다고 칩시다."

나는 어떻게 해서든지 남편이 후회하지 않도록 돕고 싶 었다. 그러자 남편은 새로운 장난감을 갖게 된 아이처럼 이 런저런 궁금증을 풀어냈다.

"헬스 갈 때는 쓰고 가면 안 되겠지? 땀 나니까."

"열흘에 한 번은 샴푸해 줘야 한다는데 괜찮을까?"

"이제 옆머리만 조금 쳐 주고 다른 데는 이발하지 말라 는데 단발로 놔 둬야겠네."

모두 가발집 사장이 일러 준 이야기였고 남편은 당연히

답을 듣고 왔다. 그래도 그 말을 되새기고 싶을 만큼 남편은 상기되어 있었다.

"가발 쓰고 나가면 사람들이 깜짝 놀랄 것 같은데?"

남편은 그제야 타인의 눈길을 신경 쓰기 시작했다.

"당연하죠. 가발 썼다고 하면 되지 뭐. 좋으면 자기들도 쓰겠지. 그게 뭐가 문제예요?"

내 답변에 남편은 흡족해하는 눈치였다.

생각해 보면 남편이 가발에 관심을 가진 것은 꽤 오래된 일이었다. 이덕화 아저씨가 대놓고 자신의 대머리와 가발을 광고하던 그때부터였던 것 같다. 그런데 남편은 생각만 했을 뿐 어떤 행동도 실행에 옮기지 않았다. 심지어 80이 된 나의 형부가 가발을 쓰고 나타났던 그때도 약간의 부러움만 나타냈을 뿐이었다.

"제 고객 중에 제일 연세가 높으신 분이 83세였어요. 그분은 평생을 정말 열심히 살았는데 자신을 위해서는 해 준 게 없더래요. 어느 날 그 사실을 문득 깨닫고 자신을 위한 마지막 선물로 가발을 하러 왔다고 하셨어요. 만족도가 아주 높아서 저도 좋았죠."

가발집 사장이 남편의 머리를 빗기며 해 준 이야기가

귀에서 맴돌았다. 그래, 남편도 그랬지. 자기를 위해 돈을 써 본 적이 얼마나 있었을까? 그런 기특한 생각을 하며 기분이 좋아졌는데 갑자기 나의 지역 건강보험료가 생각났다.

'아니, 가발은 왜 의료보험 적용이 안 되지?'

모나리자가 되었네

"언니, 풀 메이크업하고 눈 크게 뜨고 머리도 세팅 좀 하고 가. 난 그냥 찍었더니 할머니도 그런 할머니가 없더라고."

여권 사진을 찍었다는 후배가 한 말이었다.

나도 얼마 전에 문자를 한 통 받았다. 해외 여행 가려면 여권을 연장하든지 갱신하든지 하라고 친절하게도 정부에서 온 연락이었다. 언제부터인가 이 나라 정부는 온갖 정보를 알려 주면서 시시콜콜 간섭하는 얄미운 시어머니가 되어 있었다.

이제 시간이 있어도 귀찮아서 여행은 못 가겠다고 생각했으나 앞날을 어찌 알랴 싶어 부랴부랴 사진관을 찾았다.

"머리를 잘 손보고 나오시면 돼요."

젊은 여자 사진사는 나를 거울이 있는 방으로 밀어 넣으며 머리를 빗으라고 했다. 사실 내 머리카락은 빗을 만한 길이도 양도 아니었다. 어제 저녁에 셀프 이발을 했기 때문에 몽실이 스타일의 단발이었다. 내 머리카락은 가늘고 곱슬거리는 갈색이라서 아무렇게나 잘라 놔도 다음날이면 알아서 적당히 엉겨 자연스러운 모양이 되곤 했다. 그래서 미용실에 안 간 지가 10년이 되어 갔다.

"자, 살짝 웃어 보실까요?"

여자는 나에게 웃으라고 했지만 웃으면 주름이 확대 재생산된다는 알찬 정보에 얼른 웃지를 못했다. 엉겁결에 애매하게 입꼬리만 들어 올리고 눈을 힘 있게 떴다. 늙으면 웬만한 큰 눈도 매우 작아지는 마술을 알고 있기 때문에.

"어떤 것이 좋은지 한번 보실게요."

여자는 내 얼굴이 큼지막하게 찍힌 네 장의 사진을 보여 주며 고르라고 했다.

그런데 정말 가관이었다. 고르고 자시고 할 만한 게 없을 정도로 사진 속 나는 처음 보는 할머니였다.

"아니, 모나리자네? 눈썹이 없어요."

여러모로 놀란 내가 신음처럼 얘기하자 여자는 가볍게 웃으며 대답했다.

"그리면 돼요. 주름도 지워 드릴 거예요."

가만히 생각해 보니까 눈썹은 내 책임이었다.

풀 메이크업을 하고 가라는 후배의 말에 선크림을 얼굴 전체에 덕지덕지 바르고 립스틱을 좀 진하게 바른 것은 잘한 일이었다. 그런데 선크림으로 덮인 눈썹을 닦아 내지 않고 그대로 온 것이었다. 오래전에 한 희미한 눈썹 문신 위에 밀가루처럼 덮인 선크림이라니.

"뭐. 너무 고치면 못 알아보지 않겠어요? 그냥 대강 생긴 대로 인화해 주세요."

별 상관없다는 듯 마치 쿨한 할머니처럼 말하고는 사진관을 나섰다.

사실 눈썹보다도 목주름이며 처진 턱이며 팔자주름이 마음을 어질러 놓았지만 어쩌겠는가. 가는 세월이 새겨 놓은 흔적인 것을.

서글픈 맘을 다잡고 집으로 향하며 같이 온 남편에게 물었다.

"나 리프팅 받을까?"

"리프팅? 그게 뭔데?"

남편에게 리프팅을 설명하느니 그냥 침묵하는 게 낫다

싶어 간단히 대답했다.

"주름을 좀 없애는 거지."

"아, 성형. 그걸 뭐하러 해. 늙으면 다 주름이 생기는 건
데."

남편의 대답은 너무 당연했고 한가했다. 남편은 타고
나길 주름이 많은 사람이었기 때문에 주름에 대해 관대한
편이었다. 그렇다고 해도 미용실에도 안 가는 마누라가 오
죽하면 주름 얘길 할까. 반응이 너무 태평했다.

"당신이 머리카락 빠지는 것에 신경 쓰는 것만큼 나도
주름이 신경 쓰여."

퉁명스럽게 말은 했지만 기분은 풀리지 않았다. '어디
두고 보자. 대머리로 얘기 할 일이 생기나 안 생기나.' 속으로
화를 삭이며 앞서 걸어가는데 바람이 쌩 일어나는 듯했다.

살짝 고민이 되었다. '주름을 좀 지워 달라고 할 걸 그랬
나?'

노는 중

오랜만에 친구들이 모인 자리였다. 대장암 수술을 하고 고생하던 A까지 외출이 제법 자유로워져서 편안하고 화목한 분위기였다. 갑상선암을 치료하지 않고 같이 살고 있는 B는 여전히 건강하고 활발했다.

"벌써 5년쨌데 그냥 잘 있더라고. 조금씩 변화가 보인다고 병원에선 수술을 하라고 하는데 그럴 생각은 없어. 평생 약 먹을 생각해 봐. 아휴."

B는 허리 디스크로도 수년간 고생을 하고 있는데 급격한 악화와 완만한 회복이 되풀이되더니 그 또한 괜찮아지고 있다고 했다. 미스터리한 친구였다.

1년 전 B는 지팡이를 짚고 가까운 거리만 간신히 걷는 정도였다. 그래서 주변에서는 숱하게 수술을 권했지만 그녀는 자기 고집을 꺾지 않았다. 그런데 이번엔 멋진 원피스 차림으로 꼿꼿하고 당당하게 걸어 들어오는 모습을 보면서 우리는 하마터면 박수를 칠 뻔했다.

"인간 승리다. 대단해. 어떻게 병원을 무시하고 이렇게 멀쩡할 수 있지?"

A의 말에 B는 빙긋 웃으며 대답했다.

"병원에서 수술만 안 했지 내가 할 수 있는 모든 민간요법, 대증요법을 다 했어. 전국을 다니면서 해 보니 뭐가 맞았는지 모르지만 괜찮아지더라고."

"그러게. 나도 수술 안 했으면 너같이 괜찮았을까? 대장암은 수술 이후가 너무 힘들더라고."

A의 말에 우리는 말도 안 되는 수상한 얘기 하지 말라며 면박을 주었다. 대장암 수술 안 하면 어마어마한 고통 속에서 비참한 모습으로 죽어 가는 걸 몰라서 그런 소릴 하느냐, 이렇게 회복이 되었으니 감사한 일 아니냐, 너와 B는 완전히 다른 상태이고 다른 사람인 걸 모르느냐 하며.

하여튼 언제부터인가 친구들이 두 명 이상이 모이면 건강 이야기 일색이었다. 물론 자식 이야기도 빠지진 않았는데 젊었을 때 주로 자랑을 했다면 이젠 섭섭한 얘기가 주를 이루었다.

"우리도 늙었나 보다. 노인네들 맨날 건강 채널만 보고 듣는다고 흉봤는데 우리도 별 볼일 없이 그렇게 됐잖아?"

"하긴, 이젠 외국 영화 보기도 힘들어. 자막이 얼마나 빨리 지나가는지 그거 읽다 보면 화면 볼 시간이 없다니까? 복잡한 영화나 드라마도 신경 쓰며 보고 싶지 않고."

"그러다가 치매 온다. 우리 엄마 보니까 그 좋아하던 드라마를 언제부턴가 안 보시더라고. 그땐 몰랐는데 지금 생각해 보니까 줄거리가 이어지질 않았던 거야. 그러니까 재미가 없어진 거고. 우리 엄마 상당히 똑똑한 분이었는데 치매 시작되니까 답이 없더라."

"그러니까 계속 배우고 열심히 일하고 해야 하는 거야. 앞으로도 20~30년은 더 살 텐데 그냥 이렇게 놀아?"

커피 한 잔을 다 마시고 리필해 온 C가 맥락 없는 수다의 중심을 잡으며 말했다.

"그렇지? 우리 모두 이젠 은퇴하고 놀 일뿐이잖아? 네가 제일 먼저 은퇴했는데 그동안 어땠어? 노는 게 어렵지 않았어?"

대장암 A가 나를 바라보며 물었다. 갑작스럽게 들어온

질문에 나는 얼른 대답을 하지 못했다. 그동안 나는 '논다'는 생각을 한 번도 해 본 일이 없을뿐더러 다른 무엇인가를 해볼 생각조차 없었다.

"하다못해 외국어라도 배워. 악기라도 하든가. 아니면 방송통신대에 뭐 많잖아? 그런 거 수강해도 좋고. 베이킹이나 바리스타 자격증 따려고 배우는 사람은 좀 많으니? 할 게 얼마나 많은데. 특히 너 D, 제일 젊은 너한테 하는 얘기야."

C는 우리 중 제일 젊은 D를 보며 얘기했다. 조기 은퇴를 한 까닭에 D가 우리보다 많이 젊긴 했다. 몇 달 전부터 은퇴자가 된 D는 여행 다니고 가족을 챙기는 것 이외에 무엇인가 더 할 생각은 없다고 했다. 한동안은 좀 놀아야겠다고.

"그래, 한동안이다, D야. 그런데 시간은 금방 날아간다는 거. 내가 너보다는 강산 한 번 더 바뀌게 살았으니까 하는 얘기야."

사실 C는 누구보다 열심히 살았고 지금도 너무 열렬히 사는 나머지 나는 C가 지쳐서 일찍 죽어 버릴까 봐 걱정이 될 정도였다. 그런 C가 젊은 D에게 충고하는 것은 당연한 일인지 몰랐다.

"그런데 말야. 그렇게 바쁘게 사는 것만 의미 있을까?

그냥 멍하니 앉았기도 하고 주섬주섬 먹이도 주워 먹고, 아프기도 하다가 좀 괜찮으면 게으르게 동네 한 바퀴도 돌고 저녁이 되면 TV 앞에서 졸다가 다시 밤이 되면 잠자고 그런 삶은 어때서?"

조용히 듣던 갑상선암 B가 나서서 천천히 얘기했다.

나를 포함한 우리 모두가 입을 닫았다. 그리고 일제히 B를 바라봤다. B는 무슨 일이냐는 듯 우리를 둘러보며 루이보스차를 홀짝였다.

"아니, 뭐. 그렇지. 삶이란 게 다 제각각이니까. 그런데 내가 살아 보니까 조금이라도 젊어서 뭔가를 시작했었으면 더 좋았을 거란 후회가 있더란 말이지. 그래서 생각하는 마음에 D한테 얘기한 거고."

C의 커피는 또다시 바닥을 드러내고 있었다. 쟤는 어쩌자고 커피를 물처럼 마셔 대곤 잠을 자네 못 자네 하는가 나는 잠시 생각했다.

"알죠. C 언니가 얘기해 주는 게 뭔지 알아요. 고맙기도 하구요. 요즘은 좀 지루한 느낌이 있어서 피아노를 배워 볼까 하고 등록했어요."

D의 말에 우리는 모두 손뼉을 쳤다.

"잘했어. 네가 비록 손가락 길이는 일반인의 70퍼센트지만 무슨 상관이야? 월드 스타를 꿈꾸는 건 아니니까."

누군가의 말에 우리는 모두 깔깔 웃었다. 마치 오랜만에 웃는 것처럼.

우리는 모두 은퇴한 이후의 삶을 살고 있었고, 그 삶 또한 만만치 않음을 알고 있었다. 대개는 한두 가지의 질병에 시달리고, 간간이 찾아오는 우울과 불면에 힘든 하루를 보내며, 직장을 은퇴하고 아이들이 독립한 후 내 존재의 의미에 대해 끊임없이 묻고 가끔씩 절망하기도 하다가 또 스스로 위로해 가며 살아가고 있었다.

무엇인가 하염없이 뒤쫓는 친구가 있고, 맥 놓고 있다가 이것저것 기웃거리는 친구도 있으며 나처럼 하루하루를 아무렇지 않게 노는 친구도 있다. 어떤 선택도 각자의 몫이기에 우리는 기탄없이 떠들다가 각자의 삶으로 돌아갔다.

나이가 들어가는 우리는 각각 자신의 재능대로, 자신의 기질대로 열심히 삶을 견뎌 내는 중이었다. 어떻게 견디는지는 중요하지 않았다. 놀든 일하든 배우든 실패하든 모든 삶은 그 자체로 소중하지 않은가.

노노(老老) 양보

조카가 카페를 개업했다는 소식을 듣고 남편과 함께 들러 보기로 한 날이었다. 100개가 문을 열면 200개가 문을 닫는 다는 카페 생태계의 소문을 익히 들었던 터라 걱정 반, 기대 반이었다.

"지난번에 가려던 우리 동네 투썸은 사람이 엄청 많던데. 그런 곳도 있으니 개업도 하는 거겠지?"

지하철에서 내려 카페로 가는데 나의 동의를 구하는 것이 분명한 남편의 말이 바람에 흩어져 버렸다.

"그런데 그 건너편 투썸을 내가 어제 봤는데 텅텅 비었더라. 빈익빈 부익부인 거 같아."

남편의 의중에 완전히 찬물을 끼얹었지만 그다지 문제

는 없었다. 남편은 언제나처럼 나보다 대여섯 걸음을 앞서서 걷고 있었으니 내 말도 공중으로 날아갔음이 분명했다.

조카의 카페는 작았지만 아담하고 깔끔한 인테리어 덕에 새로 개업한 티가 죽죽 났다. 나와 남편과 남편의 여동생이자 조카의 엄마이며 나의 시누이인 노인네 셋은 커피와 쿠키를 먹었다. 커피는 거침없이 맛있었고 쿠키도 수제 냄새가 폴폴 났다.

"커피콩을 좋은 걸 쓰니까 남는 게 없어요. 요샌 카페들끼리 무한 경쟁이라 그렇다고 비싸게 받을 수도 없고. 하여간 맨날 스트레스야. 일도 일이지만 수익을 내야 하니까."

중노인이지만 언제나 소녀 같은 머리 모양과 몸매를 유지하는 시누이는 얼핏 보기에 조카의 엄마라기보다는 연상의 여자 친구 같았다. 허약하게 태어난 아들에 대한 연민인지 시누이와 조카 사이는 일반적인 모자 관계보다 훨씬 살가웠다. 딸 없이 아들만 둘을 키운 시누이에게는 딸 같은 아들이 각별하긴 했을 것이다.

우리가 커피와 쿠키를 먹고 떠드는 동안 카페에는 손님들이 제법 드나들었다. 점심시간이 되어 테이크아웃 커피를 사러 온 직장인들로 바빠질 때쯤 우리 부부는 카페를 나왔다.

"고모는 언제까지 자식들 뒤치다꺼리를 해야 하는 거야? 이제 환갑 넘은 나이잖아."

아들과 직원 둘의 점심을 싸서 나르고 쿠키 재료를 위해 각종 잼이나 청을 집에서 직접 만든다는 시누이는 자기 일 때문에 늘 바쁜 사람이었다.

나는 시집 식구에 대해 그다지 마음을 넓게 쓰는 사람은 아니지만 큰 시누이의 고생은 맘에 걸렸다. 결혼 후 어느 한날이고 편한 세월이 없던 시누이였다.

"자리 잡을 때까지는 해 주고 싶겠지. 부모 마음이 안 그렇겠어? 당신도 애들 사업할 때 도시락 싸서 날랐잖아. 할 만하니까 하는 거지, 뭐."

남편은 자기 여동생인데도 태평했다. 하긴 나한테도 태평했다.

지나온 길을 되짚어 걸어서 우리는 지하철에 올라탔다. 낮임에도 빈자리는 없었다.

"지하철이나 버스에서 절대로 자리 찾으려고 두리번거리지 말아요."

남편에게 노인네 티 내지 말라고 누누이 잔소리했던 터

라 남편은 시선을 고정하고 멀쩡하니 손잡이를 잡고 섰다. 우리 앞의 좌석에는 공교롭게도 노인 셋이 나란히 앉아 있었다. 아마도 경로석이 만석이었을 거다. 모자와 마스크와 코트의 깃으로 얼굴의 대부분을 차단한 나와 마스크에 중절모를 쓰고 무테 안경을 쓴 남편은 앞의 노인들보다 더 늙어 보이진 않을 것이었다.

그렇게 한 정거장을 지났을까 내 앞의 남자 노인이 벌떡 일어났다. 자세히 보니 남편보다는 다소 젊어 보이는 얼굴이었다. 사실은 알 수 없으나.

내 앞 좌석이었으니 빈자리에 내가 앉을 수 있는 상황이었다. 그런데 나의 왼쪽에 서 있던 청년이 거의 밀치듯이 돌진해 엉덩이를 들이밀었다. 뭐, 그다지 드문 일도 아니고 해서 난 남편과 여전히 잘 서 있었다. 문제는 자리에서 일어난 중노인이었다.

"요즘 젊은이들이 저래. 노인 양반 앉으시라고 내가 일어났는데 지가 와서 앉네."

중노인은 지하철 좌석 쇠기둥 옆에 서 있던 자신의 친구인 듯한 또래의 노인에게 속삭이듯 말했으나 근처의 모든 사람이 들을 수 있는 데시벨이었다. 중노인의 친구는 핸드폰에서 눈을 잠깐 들어서 불만에 가득 찬 친구를 보고 가볍게 웃었다. 그러려니 해라 하는 의미 같았다.

그 순간 민망해져야 하는 것은 남편과 청년과 남편의 마누라인 나였다.

"아유, 괜찮습니다. 괜찮아요. 멀리 가지 않아요."

남편은 일어선 중노인에게 더 이상 이야기를 하지 말라는 뜻으로 손사래를 치며 말했다. 누구도 미안할 일은 아니었는데 나는 왜 창피함을 느꼈을까. 그리고 순간 나는 청년이 못되게 굴며 노인네 욕을 한다거나 혹은 민망해하며 벌떡 일어나서 양보를 한다거나 하면 어떡하나 하고 약간 긴장했다. 그러나 청년은 아무 일도 없었던 듯 평온한 얼굴이었다.

그러자 이번엔 청년의 오른쪽에 앉아 있던 여자 노인이 일어섰다. 자라 보고 놀란 가슴 솥뚜껑 보고 놀란다더니 남편이 그랬다.

"아, 아주머니, 괜찮습니다. 그냥 앉아 가세요."

남편이 먼저 나서서 자리를 사양했다. 그러자 내 나이 또래의 할머니는 가볍고 허스키한 소리로 자기는 지금 내린다고 했다. 그래서 남편을 할머니가 앉았던 자리에 앉혔건만 아까의 중노인은 혀를 쯧쯧 차며 여전히 청년에게 불만을 뱉어냈다.

"노인네들보다 못해. 젊은 애들이 뭘 몰라도 한참 몰라요."

아니, 저 아저씨는 청년이 화를 내면 어쩌려고 저러시나? 일의 잘잘못을 떠나서 젊은이와 노인이 얽히면 마음 상하고 남우세스러워지는 것은 당연히 노인인데. 나는 은근히 젊은이의 반응이 걱정되었다. 그러나 청년은 여전히 편안한 눈빛과 자세로 앉아 있었다.

'쟤도 고수네. 그런데 왜 난 쟤 눈치를 보고 있는 거야?' 청년의 무반응이 다행이다 싶으면서도 화가 났다. 그러는 중에도 계속 이어지는 중노인의 공격이 좀 과하다 싶은 생각이 들 무렵 중노인은 마지막 말을 내뱉고 내렸다.

"노노 양보야. 우리끼리 양보하고 살아야지, 젊은 애들한테는 기대를 말아야 해."

중노인이 뭐라고 하든 지하철 안의 사람들은 아무 반응도 관심도 없었다. 이런 일을 수시로 보고 겪는 모양인 듯, 그저 온전히 핸드폰의 세계였다.

지하철을 내려서 집을 향해 걷는데 남편의 반응이 궁금해 물었다.

"자기는 아무렇지 않았어요? 난 민망해 죽는 줄 알았네. 그 젊은 애가 난리칠까 봐 걱정도 되고. 그리고 그 노인네는 1절만 하지 3절까지 하더라고."

"아, 걔가 피곤했나 보지. 종점서부터 계속 서서 왔는지도 모르잖아. 그럼 얼마나 다리가 아프고 앉고 싶었겠어."

남편의 해석은 역시 그다웠다.

"뭐, 그럴 수도 있겠네. 그래도 그렇지. 어떻게 그렇게 무심할 수가 있을까? 도사인 줄 알았어."

나는 빈정거리듯 말을 에둘렀다.

"그 청년한테는 아저씨 말이 안 들렸을 수도 있지. 집중하지 않으면 안 들리잖아."

생각지 않은 남편의 말에 난 살짝 놀랐다. 평소에 남편이 내 말을 못 알아듣고 동문서답을 할 때마다 '집중하시라'고 잔소리를 했던 것이다.

"어쨌든, 노노 양보를 받으신 기분이 어떠신지?"

남편이 앉은 자리는 할머니 자리였지만 처음에 양보한 이는 중노인이었기에 진정으로 궁금했다.

"난 젊은이한테 양보받는 것보다 낫던데? 왜 그런지 애들한테는 빚진 거 같아서 말야."

대답은 남편이 했지만 내 생각도 그랬다. 하긴 젊다는 이유만으로 양보를 해야 하는 것은 아니잖은가. 그럼 늙었다는 이유만으로 눈치볼 일도 아니군.

붕어빵 위로

산책을 나설 때만 해도 마음이 흐리진 않았다. 날씨가 다소 음산하긴 했으나 날씨에 별 영향을 받지 않는 무덤덤한 성격이었다. 아니 그렇다고 생각했었다.

그런데 익숙한 길의 모퉁이를 돌아서고 꺾을 때마다 마음속에서 복잡한 감정이 솟았다. 그 감정 역시 익숙했지만 기쁘다거나 슬프다거나 애달프다거나 그립다거나 하는 이름을 붙이기엔 뭔가 석연치 않았다. 굳이 비슷한 어떤 이름을 꺼낸다면 그것은 일종의 '화'에 가까울 것이었다.

그렇다고 불같이 화가 올라오거나 눈이 튀어나올 정도의 강한 압력도 아니었다. 사실 화와 나는 별로 가깝지 않은 사이이기도 했으니 정확하게 화라고 부르기에도 모자랐다.

나는 거의 감정에 변화가 없거나 느린 축이기 때문에 길을 걸으며 계속 느껴지는 익숙하나 알 수 없는 그러나 화에 가까운 것 같은 감정에 스스로 의아심이 들었다.

'그 이야기를 들어서일까?'

집을 나서기 전에 X의 전화를 받았다. 그녀는 현재 30년째 투병 중인 남편과 살고 있다. X의 남편은 거의 규칙적으로 비상 사태에 돌입하곤 해서 응급실을 끼고 살았다. 그래도 그들 부부는 함께 일을 하고 있었고 나름 잘 해 나가고 있었다. 말하자면 남편이 자리를 보전하고 누워 있거나 장애가 있어서 활동을 못하는 상태는 아니었다. X의 남편은 내가 알기에도 죽음의 문턱을 대여섯 번은 더 넘은 것 같았다. 그럼에도 그 삶을 잘 이끌어 나가는 X를 나는 존경했다. 아마도 X가 남편보다 훨씬 더 남편을 좋아하는 것이 분명했다. 그래도 그렇지 그 긴 세월을.

그랬던 X가 며칠 전 남편을 다시 응급실에 실어다 놓아야 하는 일이 생겼다. 코로나 이후로 병원 출입이 훨씬 어려워진 상황이었고 남편은 1박 2일을 치료해야 하는 까닭에 X는 집으로 돌아왔다고 했다.

그녀가 사는 집은 4층 빌라의 3층이었는데 그 계단을

힘겹게 올라 집에 들어서는 순간 알 수 없는 기운이 그녀를 감쌌다. 그것은 일종의 두려움이기도 했고 불안이기도 했다. 날이 어두워져 불을 켜야 했는데 그녀는 그저 가장 작은 방에 들어가 어둠 속에 웅크리고 앉았다. 불을 켤 엄두도 다시 방문을 열고 거실로 나갈 엄두도 안 났다. 남편이 쓰던 서재 쪽을 지나야 하는 주방 쪽은 차마 갈 수가 없었다.

시간이 얼마가 지났을까. 사방이 완전히 어두워진 밤이 되자 누군가 초인종을 눌렀다. 가까이 사는 며느리가 감자탕을 끓여 온 것이었다. 가까스로 일어나 따끈한 탕과 밥을 먹고 집 안의 불을 다 켜고 나서야 정신이 들었단 얘기였다.

"배 속에 따뜻한 것이 들어가니 정신이 나더라구요. 그래서 옛날 엄마들이 아프고 마음 상한 자식들에게 억지로라도 국밥 따뜻이 말아 먹였던 모양이에요."

X는 바로 회복했고 집 안 청소를 했으며, 이틀 뒤 남편을 집으로 데려왔다고 했다. X의 이야기가 생각이 나긴 했으나 나의 기분과 관계있는 것은 아닌 듯했다.

나는 X처럼 남편 때문에 고생을 한 일도 없고, 나의 남편이 그녀의 남편처럼 응급실을 수시로 드나드는 지병을 갖고 있는 것도 아니었다. 또한 며느리는 멀리 살고 있고 딸은

더 멀리 살고 있었다. 어떤 공통점도 없으니 나의 이상하고 복잡한 이 감정은 X의 이야기로 인한 것은 아닌 게 분명했다. 뭘까?

길을 걸으면서 기분은 조금씩 처졌다가 팽팽했다를 반복했다. 요즘 엄마들이 유행처럼 앓는다는 산후 우울증조차 겪어 본 일이 없는 나는 이 상황을 노인 우울증이라고 이름 지어야 하나를 놓고 시름에 잠겼다.

살다 보면 우울한 일 또한 얼마나 많이 생기겠는가. 그런데 그것을 눈치 채지 못하고, 혹은 무시하면서 살아온 삶이 나의 뒤통수를 후려 갈기는 느낌이었다.

'우울증은 죽음도 불사한다던데 이러다가 제 명에 못 죽고 무슨 사고 내는 거 아냐?' 혼자서 이런 생각 저런 생각을 하며 가는데 매일 지나치던 붕어빵 수레 앞에서 걸음이 멈춰졌다. 머리가 허연 할아버지가 열심히 붕어빵을 굽고 있었고 그 앞에는 두 사람이 차례를 기다리고 있었다. 이곳을 지나갈 때마다 사람들이 줄을 서서 기다리고 있어서 난 한 번도 붕어빵을 사겠다는 생각을 하지 않았다. 그런데 오늘은 줄을 서야 할 것 같았다.

고작 세 번째니까 금방 되겠지. 우울이고 나발이고 가만히 서서 기다리는데 제일 앞에 서 있는 중노인이 붕어빵을 얼마나 많이 사는지 내 바로 앞에 선 아이 엄마는 아이를 달래느라 진땀을 빼고 있었다. 조금만 더 기다려. 다 됐어.

"팥이 안 되면 슈크림으로 주세요. 애가 보채서요."

결국 아이 엄마는 팥앙금 붕어빵을 포기하고 이미 구워 놓은 슈크림 붕어빵 네개를 가져갔다. 바람에 날리는 종이 팻말에는 '4개에 2000원'이라고 씌어 있었다.

"사장님 성함이 유○○ 맞으시죠?"

아이 엄마는 모바일 뱅킹으로 붕어빵값을 입금하며 확인했다. 그러고는 식은 슈크림 붕어빵을 담은 봉투를 들고 아이와 함께 총총 사라졌다.

"조금 있으면 붕어빵도 못 사 먹겠어요. 현찰 없이 다니면 저렇게 해야 하는데 원. 이젠 음식점에서 주문하기도 어렵다니까요."

앞의 중노인은 만 원짜리를 현금 바구니에 넣으면서 누구에게랄 것도 없이 중얼거렸다.

"요즘 젊은이들은 아예 현금을 안 들고 다녀요. 그렇다고 카드 결제할 형편도 아니고 해서 계좌 이체를 걸어 놓은 거죠."

사람 좋아 보이는 붕어빵 할아버지는 여전히 빠른 손놀림으로 붕어빵 기계를 뒤집었다.

붕어빵을 다섯 봉지나 사 들고 가는 중노인 때문에 시간이 많이 늦어지긴 했지만 나도 곧 네 마리의 팥앙금 붕어빵을 받을 수 있었다. 손에 전해지는 따스한 기운에 하마터면 행복하다고 느낄 뻔했다. 좀 전의 우울은커녕.

봉투에서 붕어 한 마리를 꺼내 꼬리부터 덥석 베어 먹었다. 난 바삭거리는 느낌이 있는 꼬리 부분을 좋아했다.

'슈크림 붕어빵을 사 간 꼬마는 어디부터 먹으려나?' 쓸데없는 생각을 하면서 붕어빵을 두 마리째 먹었다. 그러다가 X 생각이 났다. 그녀가 가까이 있다면 이 붕어빵을 나누어 먹을 텐데.

"생각나서 전화했어요. 뭔가 우울해서 붕어빵을 샀는데 이게 엄청 맛있네. 이제 세 마리째 먹으려구요. 같이 먹었으면 좋았겠단 생각이 들어서 그냥 전화했어요."

전화기 너머로 X의 웃음소리가 들려왔다. 네 마리 다 드세요.

결국 집 앞의 신호등이 바뀌길 기다리며 난 네 마리째의 꼬리를 먹고 있었다. 집에 들어서며 빈 붕어빵 봉투 겉면에 그려진 붕어 그림을 보았다. 붕어는 웃고 있었다.

'정말이네. 따뜻한 팥앙금 붕어빵을 먹었더니 괜찮아졌

어. 이제 그 앞을 지날 때마다 사 먹어야겠어. 2000원은 현금으로 항상 준비해 둬야지.'

그러곤 바로 만 원짜리 지폐를 가방에 챙겨 넣었다. 나는 모바일 뱅킹을 하지만 그 현금 바구니에 만 원을 넣고 8000원을 거스르는 쪽을 택했다.

모호하고 우울하며 화가 난 듯했던 감정이 붕어빵으로 해결되었다는 것은 일기에 기록할 만한 것이었다. 그래서 오늘의 일기 말미에 적었다.

'우울할 땐 따끈한 붕어빵을 네 개 이상 먹기.'

오래된 남편

"자꾸 발이 걸려."

새벽에 화장실에 가려고 일어난 남편이 전기매트의 온도 조절 스위치를 건드려 작은 소음을 냈다. 몇 번이나 반복된 일이라 남편이 결국엔 스위치를 밟아서 깨뜨릴 것이란 예감이 증폭되어 가던 때였다.

스위치를 잘못 밟은 남편의 감전 위험보다는 깨뜨린 물건의 뒷수습과 새로운 물건을 주문해야 하는 이후의 상황이 더 귀찮은 나였다.

"불 좀 켜라고 몇 번을 말해요. 어렸을 때 아버님이 불 켜면 혼냈어요?"

남편은 아침에 일어나기 전엔 절대 불을 켜지 않았다.

특이한 습관이었다. 밤에 화장실을 한두 번씩 가는 사람이라 아무리 고양이 걸음으로 살금살금 다녀도 결국은 오늘과 비슷한 사고가 잦았다.

한 번은 늘어뜨려진 침대 커버에 발이 걸려 기우뚱대다 내 머리 위로 넘어졌고, 또 다른 날은 욕실 커튼을 들이받아 한밤중에 층간 소음을 야기했다. 며칠 전에는 소변이 조금 흘러서 팬티를 직접 빨아 널었다고 쑥스러워하며 고백하기도 했다.

오늘도 어둠 속에서 화장실을 다녀온 남편이 다시 이불을 슬며시 들추고 드러누웠다. 그 모양이 마치 눈칫밥 먹는 아이처럼 느껴져 잠깐 측은했다.

아니지, 애도 아니고. 난 머리를 흔들었다.

"불을 켜야 실수하지 않지요. 그러다 꽈당 넘어져서 침대 모서리에 머리라도 부딪치면 어쩌려고 그래요?"

내 잔소리에 남편은 기다렸다는 듯 바로 대꾸했다.

"아냐, 여보. 내 눈이 작아도 어둠 속에서는 눈동자가 커진다고. 그래서 조금 있으면 다 보이거든."

침실에서 불을 켜는 문제를 얘기할 때마다 남편이 되풀이하는 레퍼토리였다. 대답도 없이 난 등을 보이고 돌아누웠다. 누가 모르겠는가. 어둠에서 눈동자가 커지는 것을.

그런데 남편에게 눈동자가 커지는 일은 보통 사람들과는 좀 다른 의미가 있었다. 결혼 초에 남편을 만난 사람들은 내게 한결같이 물었었다.

"김 선생 눈이 저렇게 작은 줄 알고 있었어요?"

김 선생은 남편이었고 그의 눈은 엄청나게 작아서 큰 얼굴에 비해 아주 옹색했다.

그런데 우습게도 난 결혼 당시 그의 눈이 그렇게 작다고 생각한 적이 없었다. 가만히 따져보면 남편의 눈을 제대로 보고 결혼을 했는지도 생각나지 않았다. 그 정도로 남편이 매력 있는 사람이었을까? 단언컨대 아니다.

아마도 외모를 그다지 따지지 않았던 내 성향 때문이었을 것이다. 그저 이목구비가 제대로만 위치하고 있으면 되었다. 남편은 적어도 그 조건은 만족시킨 신랑감이었다.

신랑은 이제 밤에 소변 보러 다니는 일에도 잔신경을 써야 할 정도의 노인이 되었다. 그럼에도 늙은 아내에게 자신의 눈이 작지 않음을 증명해 보이고 싶은 소년이기도 했다.

그럭저럭 잠이 깬 나는 일어나 앉아서 바로 코를 골며 다시 자기 시작한 남편을 내려다보았다. 검고 굵직했던 머리카락은 가늘고 가난해져서 머리의 피부를 겨우 가리고 있었다. 태어날 때부터 노안이란 말을 들어온 원인인 도드라진 광대뼈 밑의 볼은 패이고 주름져 있었다.

'많이 늙었다.'

태생이 베짱이인 남편은 어렵고 힘든 일을 비켜 가며 살아왔다. 일이 남편을 피했는지 남편이 일을 피했는지 언제나 힘쓰고 머리 쓰는 일은 내 몫이었다. 아이들이 어렸을 때 그들은 내게 농담처럼 진담을 하곤 했다.

"엄마는 투포환 선수 같아요."

"군대에 가서 별을 달았어야 딱인데."

"아빠는 왜 집안에 일이 있으면 외출할 일이 생기는 거지?"

"정말 나무꾼과 선녀 같아요. 성 역할이 바뀐."

"아니지, 개미와 베짱이야."

그렇게 남편은 평생을 베짱이로 살아왔지만, 베짱이에 대해서 별 불만이 없었던 나는 그러려니 했다. 그런데 그 베짱이가 어느 날 노래를 잃어버리고, 기타를 놓아 버리고, LP플레이어를 처분하고는 죽기 살기로 운동만 했다. 은퇴 후에 생긴 변화였다.

어느 날 나는 거실에 있는 남편에게 크게 소리 질렀다.

"당신 취미 생활을 해 보지 그래요? 기타를 클래식으로 제대로 배워 보든가."

거실에는 클래식 음악이 큰 볼륨으로 틀어져 있었다.

"뭐라고? 집 보러 가자고?"

남편은 듣는 능력도 조금씩 떨어졌다.

"아니, 기타를 배워 보라고요!"

남편은 TV를 끄고 내 방으로 다가와 다시 물었다.

"날 기다린다고?"

이 정도면 치매인가 싶은데 그건 아니었다. 내 질문이나 말을 되묻기는 싫어서 들리는 대로 아무렇게나 대답하는 것이었다.

"아무리 그래도 좀 비슷하게는 들어야 되지 않나? 보청기 해야 되는 거 아니에요?"

보청기 소리가 나오면 남편은 정색을 하고 들었다. 그럼 희한하게도 실수가 없었다.

'뭐야, 이 태도는? 정말 주의 산만의 최고봉이잖아?'

그러나 남편이 보청기를 하지 않기 위해 두 귀를 쫑긋하고 마누라의 입모양에 온 시신경을 곤두세워야 하는 일은 나도 원치 않았다. 그래서 좀 더 느리고 크게 반복해서 말을 하곤 했다.

젊었을 때 남편은 클래식의 피아니시모 음정을 정확하게 집어 내던 사람이었다. 그래서 벌이도 시원찮은데 피아노 조율사를 부업으로 해 보라며 웃기도 했다. 또 자동차의 미세한 이상 소음을 잡아 내 카센터 직원도 놀라워하던 청력의 소유자였다. 그렇게 예민한 그의 청력이 다소 나를 피곤하게 했던 시절도 있었다.

'그랬었지. 참 오래 같이 살았다. 남편만 문제가 생겼겠어? 나도 못지않잖아.' 뒤척이며 돌아눕는 남편의 구부러진 어깨를 바라보며 우리가 살아온 세월이 새삼 고마웠다.

너무 오래되어서 묵은 남편이 마치 홍시 같아 물러지고 터질까 봐 가만히 거실로 나왔다. 아주 가만히.

배우자의 죽음

남편의 친구인 A의 아내가 죽었다는 소식이 날아왔다. 그간 남편의 친구가 몇 죽기는 했지만 친구의 아내가 죽은 경우는 처음이었다. 이 소식이 충격이었던 것은 A보다 그의 아내가 더 젊었기 때문이었다. 죽는 데에는 순서가 없다고 숱하게 말하고 들어왔어도 정작 말처럼 받아들이기가 쉽지 않은 것이 그런 죽음이었다.

"그래도 1년은 살 거라고 했는데 열흘 만에 가셨네."

쾌유를 기대했던 남편은 아쉬움을 그렇게 중얼거렸다.

"시작됐네."

나의 밑도 끝도 없는 말에 남편은 작은 눈을 열심히 크게 뜨며 쳐다봤다.

"뭐가 시작돼? A 와이프가 죽었다는데."

남편은 심기가 불편한 표정이었다.

"이제 배우자의 죽음이 시작되었다는 거지. 아직까지는 대개 부모님이었잖아."

그랬다. 물론 우리 시어머님처럼 오래 살아 계시는 분도 있지만 우리 세대의 부모님들은 대개 돌아가셨다.

젊은이들은 진즉 떠나고 또래의 노인들도 거의 돌아가신 휑한 시골에서 어머니는 늘 심심해하셨다. 그래서인지 나는 어머님이 이젠 돌아가셨으면 좋겠단 생각을 하곤 했다. 겨울이 지나고 봄이 오면 가시려나, 몸과 정신이 건강하실 때 가시는 게 복인데.

그러나 어머니는 100세를 바라보는 나이에도 여전하셨다. 어머니를 만나러 갈 때마다 남편이 먼저 죽으면 안 될 텐데 생각하곤 했다.

다행히도 친구 A의 부모님과 장인 장모는 다 돌아가신 상태였다.

"어머님이 올봄에 가시면 좋겠어. 시할머니도 개나리 노랗던 봄날 가셨는데."

"그랬어? 할머니가 봄에 돌아가셨나?"

남편은 어머님이 돌아가시길 바라는 며느리의 이야기에 어떤 토도 달지 않았다. 이전과는 다른 태도였다. 남편도 이젠 어머님이 버거워지기 시작한 것일까? 그러니 시할머니가 봄에 돌아가셨는지 여름 장마에 가셨는지 기억할 리가 없었다.

　'나도 자식들한테 짐이 되기 전에 죽어야 할 텐데. 참 커다란 과제가 남았구나.'

　내가 90이 넘고 100살이 넘어서도 살아 있다면 우리 애들의 마음 또한 남편 마음 같지 않겠는가. 94세에 돌아가신 친정아버지에 대해 내가 생각했던 것처럼.

　친정어머니가 돌아가시고 아버지 혼자 남아서 요양원 생활을 하실 때도 아버지는 여전히 건강하셨다. 엄마 없이 7년을 더 사신 아버지는 엄마를 그리워했고 남은 자신의 삶을 지루해하셨다. 일주일에 한 번씩 얼굴 비추러 가는 나는 아버지 방에 들어서자마자 묻곤 했다.

　"아유, 우리 아버지 아직도 안 돌아가셨네. 어쩌나, 빨리 가셔야 할 텐데."

　그럼 아버지는 해탈한 듯한 웃음으로 대꾸하셨다.

　"그러게 말이다. 저기 저 산에 엄마가 있는 것 같아서 얼른 가고 싶은데 말이다."

"아버지는 엄마가 그렇게 보고 싶으세요? 엄마는 별로
인 것 같은데?"

그렇게 얘길 하면 그냥 웃곤 하셨는데 그 모습이 영락
없는 리트리버였다.

남편이 어느 날 길에서 리트리버를 보곤 장인어른이라
고 했는데 그땐 어이가 없었다. '어떻게 사람이 개를 닮았다
고 해. 것도 장인을. 생각 참 기발하다.'

무시하려고 했으나 찬찬히 보니 정말 닮아 있었다. 아
버지가 돌아가시고 나니 더욱 그랬다. 어디서고 리트리버를
만나면 아버지의 친숙함이 느껴져서 나도 모르게 걸음을 멈
추고 바라보곤 했다. 그럴 때는 개와 사람을 동일시한 남편
에게 고마운 마음이 들기까지 했다.

그렇게 리트리버를 닮은 아버지는 끊임없이 엄마를 그
리워해서 때로는 나를 지치게 했다.

그런데 친구들 부모님의 경우는 좀 달랐다. 배우자가
죽고 긴 세월을 그리움에 힘들어하던 우리 아버지와는 다
르게 덤덤하셨기 때문이다. 친구들 부모님뿐만 아니라 나의
시어머니도 돌아가신 시아버지 얘길 한 번도 안 하셨다. 남

220

편이 손질한 아버지의 묘지 사진을 자랑스럽게 보여 드리면 늘 같은 말씀이었다.

"거긴 뭐하러 자꾸 가? 힘들게."

어머니는 자식이 힘든 것에만 한마디할 뿐 아버님에 대한 어떤 정이나 호감도 보이지 않았다.

"어머니는 아버지 안 보고 싶어요? 아버지가 보고 싶다고 빨리 오라고 하시던데?"

남편의 장난스런 질문에 어머니는 아무런 표정의 변화도 없이 고개를 가로저었다. "별로 보고 싶지 않아."

사실 아버님이 돌아가시고 나서 어머니는 더 건강해지셨고 활기가 넘쳤다. 도대체 아버님이 어머님께 얼마나 섭섭하게 하셨는지 궁금할 지경이었다.

그런데 후배인 U의 아버님도 마찬가지였다. U의 어머님은 2년 전에 돌아가셨고 아버님은 90을 훨씬 넘기셨지만 전혀 그리움 없이 주변의 여러 친구들과 함께 잘 지내고 계신다고 했다.

"엄청 싸우셨어요. 아마 그래서 지겨울 수도 있지."

U는 자신도 아버지를 별로 좋아하진 않는다고 했지만 내가 볼 땐 더 없는 효녀였다. 그러니 부모님이 싸웠다는 이야기도 100퍼센트 믿을 수는 없었다. 평생을 싸웠다 해도

미운 정이란 게 있을 텐데 U의 아버지 역시 죽은 아내에 대한 어떤 이야기도 하지 않으신다고 했다. 그리움은커녕 생각도 않는 것 같다고.

C를 비롯한 몇 명의 친구들은 아직 친정어머니가 살아 계신데 그분들도 U의 아버지와 그다지 다르지 않았다.

누구는 젊었을 때, 누구는 늙었을 때 배우자와 사별을 하지만 죽은 사람과의 추억이나 그리움이 상실과 아픔으로 이어지지는 않았다는 의미일 테다. 그럼 우리 아버지는 왜 그랬을까? 내가 보기에 그다지 살뜰하지도 않았고 무덤덤한 부부 사이였을 뿐인데.

"수술을 안 했더라면 좀 더 살지 않았을까 후회하더라고. 그런데 그런 결정을 어떻게 하겠어? 와이프가 수술을 거부한 것도 아닌데."

남편은 다시 친구 A의 이야기를 하고 있었다.

"구강암이 본래 먹지를 못하니 산다고 해도 얼마나 고통스럽겠어요? 내 생각엔 차라리 잘된 것 같아. 오래 고생하지 않고 가셨으니. 환자나 보호자나."

남편 친구 A는 남편 또래이고, 그 아내는 내 또래이니 남의 일 같지 않아 다시 한번 당부를 해 두어야겠다 싶었다.

"만일 내가 앞으로 뭘 먹고 싶어 하지 않으면 억지로 먹이지 말아요. 죽을 때가 된 거니까 병원에 보내지 말고 그냥 놔둬요. 옆에서 손이나 잡고 있으면 돼."

워낙에 어린이 입맛이라 온갖 불량식품을 찾고 포화지방, 트랜스지방, 당류를 가리지 않고 먹는 내가 음식을 거부한다면 그건 정말 때가 된 것으로 보아야 할 것이다. 그럴 경우에 살려 보겠다고 부질없이 노력하지도 말고 코나 목이나 옆구리에 줄을 끼워서 먹이려는 짓을 하지 말라는 것이었다. 물어보라. 누가 그것을 원하겠는가.

"누가 먼저 죽을지 어떻게 알아?"

남편은 내 말에 즉답을 하지 않고 되물었다.

"누가 먼저 죽든 그렇게 하자고. 당신이 먼저 죽게 되도 굶게 놔둘 거야. 손은 잡아 줄게."

남편은 끝까지 나를 굶기겠다고 답을 하지는 않았다. 그러나 이 정도의 예고는 해 두어야 할 것 같았다.

무엇보다 아내를 잃은 남편의 친구 A가 하루빨리 아내 생각이 하나도 안 나길 간절히 바랐다. 우리 아버지처럼 힘들어하지 말고, 친구들의 부모님들처럼 그렇게 담담해지길. 장차 우리 남편이나 나 또한 그러하길.

그렇고 그런 모임

나의 30년 모임의 이름은 '그림을 그리고 또 하염없이 그린다'는 의미를 갖고 있다. 시작이 그림인 것이고 물론 지금도 그림을 그리긴 한다.

그런데 '그리고 또 그리고 끝없이 그리는'이라는 긴 이름은 요즘 유행대로 레트로하기보단 키치해서 그 이름을 계속 써야 하나 고민을 했었다. 그러나 멤버가 여럿이다 보니 이름 가지고 토론하긴 서로 귀찮았다. 그래서 지금도 여전히 작업실 유리창에는 그 길고 유치한 이름이 시트지로 붙어 있다.

며칠 전 드디어 길고 긴 공직에서 은퇴를 한 친구 두 명을 축하하기 위해 우린 모임을 갖기로 했다. 장소와 선물을 센스 있는 후배에게 준비하도록 부탁하고 나는 초대의 글을 쓰기로 했다. 그래봐야 SNS에 올리는 건조한 글이긴 하나.

A와 B의 은퇴를 축하하는 의미로 조촐한 파티를 갖고자 하니 지진이나 전쟁이 없는 한 다 참석하시오.

1. 시간: 돌아오는 토요일

2. 장소: C가 정할 것임

3. 드레스 코드: 풀 메이크업에 세미 정장 이상(작업복 출입 금지)

4. 참가비: 두 사람을 뺀 나머지만 부담

다들 초대장에 이견은 없었으나 드레스 코드에 대해 말이 많았다. 살이 쪄서 맞는 정장이 없다느니, 아웃도어 외엔 옷이 없다느니, 배트맨 복장을 하고 온다느니…… 사실 당장 나부터도 풀 메이크업을 할 화장품이 없었다. 그러나 그렇다고 계획도 못 세울 일은 아니지 않은가. 비록 작업복을 입고 군화를 신은 그림쟁이들의 모습으로 올지언정.

생각대로 우리 모임의 멤버들은 제 시간에 모였고 서로의 준비를 칭찬하고 놀리며 즐거워했다.

"넌 아직도 원피스에 허리를 졸라매고 다니니?"

나의 검은색 원피스를 보고 D가 놀렸다.

"역시 부자는 다르다. 넌 기럭지가 길어서 그렇잖아도 패셔너블한데, 와 저 셀룰리안 블루 스카프 봐."

우리 중 가장 늘씬하고 예쁜 E를 보고 누군가 또 떠들었다.

모두들 한마디씩 하면서 시끌벅적한 식사를 끝내고 난 뒤 독립된 온실형 카페를 독차지했다.

"사용 시간은 세 시간입니다."

앳되고 상냥한 직원이 한 마디 하자 우리도 모두 한 마디씩 여섯 마디를 했다.

"우리가 뭐 세 시간이나 있진 않겠죠?"

그런데 결과적으로 우리는 네 시간 넘게 있었다. 그 나이의 젊은 할머니들이 그렇듯.

"우리 이름이 그리고 또 그리고 무한 그리고 뭐 그런 거잖아. 간단히 '그그'라고 하면 어때? 그렇고 그런 모임."

나의 제안에 은퇴하는 A가 제동을 걸었다.

"그런데 이름대로 되더라구요. '그렇고 그런'이라고 이름 지으면 진짜 그렇고 그런 모임이 돼. 그건 안 되잖아."

"지금 뭐 그렇고 그렇지 않아? 그림도 그리긴 하지만 말야."

"언니가 'Drawing & Painting' 스튜디오라고 써 붙였잖아. 그게 좋지 않나?"

"그럼 D.P네. 얼마 전에 넷플릭스에서 한 드라마도 D.P.지? 군무 이탈 체포조던가? 그거 괜찮다."

"아유, 뭐가 괜찮아. 무슨 체포조야. 그냥 GG라고 해요. 그럼 '그렇고 그렇든지', '그리고 또 무한 그리든지', '그냥 구리든지' 다 상관없잖아."

우린 그렇게 쓸데없는 이야기를 하며 깔깔대고 웃었다. 독립된 온실 카페라 얼마나 다행이던지. 그렇지 않았으면 우린 아마 바깥으로 내쫓겼을지도 모를 일이었다. 아니면 다른 손님들을 내쫓았거나.

"뭐든지 하여간 이 GG가 없었더라면 큰일 날 뻔했던 건 저예요. 저는 GG에 오는 재미로 일주일을 버틴답니다."

우리 중 유일한 현직이며 패셔니스타인 E가 진심을 토로했다. 그녀는 정말 작업실에 빠지지 않고 제일 일찍 오는 모범 멤버였다.

"그래. 퇴직하고 나면 갈 곳이 있어야 하는데 우린 잘 견뎌 온 것 같아. 파투 내지 않고 말야."

"남편하고 하루 종일 있는다고 생각해 봐. 우리 남편은 일주일에 사흘은 밖에 나가는데도 남은 나흘을 염증 나서 못 견뎌하더라고. 남편만 그런가? 나도 마찬가지지."

"우리 남편처럼 일주일 내내 집에 있길 좋아하는 사람도 드물 거예요. 하긴 집에 있어도 각자 방에 있으니까 얼굴 볼 일이라곤 밥 먹을 때뿐이지만."

"내가 작년에 전원주택에 가서 텃밭이라도 가꾸자고 집을 보러 갔어. 그때가 약간 어스름했는데 이 남자가 차에서 안 나오는 거야. 집을 볼 생각도 없는 거지. 그래서 왜 그러냐니까 시골은 깜깜해서 무섭대. 이게 말이니 말씀이니? 아휴, 그래서 전원주택은 포기했어. 오피스텔 하나 얻어 주고 나 혼자 가든지 해야지."

"말처럼 쉬우면. 그게 어디 돼? 나이 들면 안방에서 일어나는 일을 서재에서도 모르는 법이라 좁은 집이 맞는 거래요. 그런데 따로 산다는 건 아니지."

"우리 작업실 건물주는 졸혼할 거라고 하던데? 지난 주에 커피 마시러 내려와서 그러더라고?"

"오 마이 갓. 그렇게 훌륭한 생각을? 그런데 와이프도 찬성했을까?"

"그게 문제가 아니라 사장님이 졸혼하고 떠나면 우리

작업실도 빼야 할 것 같은데. 지금처럼 싼 월세로 계속 주겠어요? 와이프는 보통 아니겠던데."

"아, 그런 문제가 있구나. 남의 행복은 나의 불행이네. 그럼 어쩌나, 졸혼을 막고 싶진 않고 우리가 또 어디 장소를 물색해야 하겠네. 어디로 가야 하지?"

"넌 그림도 안 그리면서 장소 걱정을 하고 있니? 우리가 이렇게 계속 작업실을 유지하는 게 맞는 거야?"

결국 D가 결정적인 얘기를 했다.

우린 계속 이 작업실을 유지해야 하는가에 대해 가끔씩 회의적이었다. 비어 있는 시간이 많고 제대로 활용하지 않는다는 데에 대한 반성이기도 했다. 패셔니스타 E와 나를 제외하면 2주일에 하루나 이틀 정도 이용하는 장소였기 때문이다.

"물론 효용 면에 있어서는 생각할 여지가 많지. 그런데 다 은퇴한 마당에 이런 장소 하나는 있어야 된다고 생각하지 않아? 내 생각은 그래."

어떤 모임도 없이 무소속인 내게는 GG가 유일한 모임이었다. 그렇다고 내 입장만 얘기할 상황은 아니었다.

"안 돼요. GG는 어떤 일이나 모임 혹은 작업 장소 이상의 의미잖아요. 여기서 쫓겨나면 더 변두리로 가더라도 구해 봐야죠."

"야, 여기가 변두리야. 더 변두리는 없어. 지하로 가면 모를까."

"엘리베이터 없는 4층이나 5층도 괜찮지 않아? 한 번 올라가면 저녁에 내려오니까."

우리는 계속 작업실에 대한 이야기를 했다. 누구도 작업실이 없어진다는 상상을 하기는 힘들어했다. 없던 작업실도 은퇴하면 만든다는데 현직에 있으면서도 꾸준히 이어 왔던 작업실을 없앤다는 것은 우리가 더욱 늙어 간다 해도 쉬운 일이 아니었다.

"맞아. 우린 정말 노년 계획을 잘 세운 거 같아. 이 나이에 할머니들이 이런 장소를 갖고 있는 게 흔한 일이야? 끝까지 잘 가 봐야지."

"나 죽을 때까지는 계속돼야지. 내가 제일 먼저 죽는 게 순서잖아?"

"언니는 결론이 죽는 거더라. 그렇게 죽고 싶어요?"

"피할 수 없으니까 친해지는 거야. GG 파이팅!"

살면서 잘한 일 중의 하나는 60 넘어 70을 향해 가면서 아직도 GG라는 모임이 지속되고 그 모임이 이루어지는 장소를 가지고 있다는 것이었다. 부디 나의 세대와 그다음 세대 할머니들도 그러하길.

요양원에 다녀와서

남편의 은퇴 후 세월이 벌써 6년이었다. 3년은 전원살이를 꿈꾸며 사방 천지에 주택을 보러 다니느라 날이 가는 줄 몰랐고, 나머지 3년은 코로나 팬데믹 기간이었다. 코로나 직전에 다녀온 크로아티아를 마지막으로 이후에는 이렇다 할 여행의 기억도 없었다.

매사에 짜증을 내고 가끔씩 말이 없는 내가 걱정되었던지 어느 날 남편은 가까운 곳에 여행이라도 가자고 했다. 사실은 말하기뿐만 아니라 먹고사는 모든 일이 귀찮았다.

남편의 생각은 고마웠지만 딱 거기까지였다. 왜냐하면 여행의 일정을 계획하고 숙소와 교통편을 예약하고 운전하는 일들이 모두 내 몫이었기에.

"나도 좀 편안히 다니고 싶거든? 나중에 갑시다. 노인네들 패키지로 가는 걸로."

그러자 남편은 내심 기뻐하는 듯했다. 남편은 나와 달리 여행을 즐기지 않는 고양이 같은 사람이었다. 여행을 가도 호텔에서 묵어야 하고 좋은 음식에 편안한 휴식을 즐길 수 있는 곳을 선호했다. 반면에 나는 유목민 같았다. 물론 나이가 들면서 나도 편안함 쪽으로 기울었지만 어쨌든 소위 휴양 같은 여행을 좋아하는 편은 아니었다.

"패키지도 더 나이 먹으면 안 받는대요. 사돈네 거부 당했다잖아."

딸네 사돈은 우리와 거의 띠동갑으로 80 즈음인데 얼마 전 제주도 패키지 여행사에서 예약을 거절하더란 충격적인 소식을 들은 것이다. 그분들이 패키지로 국내 여행을 간다는 것도 새로운 뉴스였다. 불과 몇 달 전만 해도 자가 운전해서 강원도 철원부터 마라도까지 바람처럼 돌아다니던 정력적인 부부였기 때문이다. 그런 분도 이젠 자가 여행이 귀찮고 힘들어서 패키지를 신청했던 것이다. 그런데 거절이라니 참으로 인생무상이었다.

"그래서, 어디로 가자고? SRT 타고 부산 갈까? 통영 쪽은 SRT가 안 간다며?"

남편은 성의 있게 물었다. 분명히 어딘가 가긴 가야겠다고 생각한 모양이었다.

"SRT 예약도 내 몫이고, 또 가면 거기서 차를 렌트해야 할 텐데…… 아, 귀찮아."

남편에게 아주 성의 없이 대답하고 주방으로 향했다. 그러다가 갑자기 밥도 하기 싫은데 점심이나 나가서 먹고 올까 하는 생각이 들었다.

광주 초월 쪽 좋아하는 한정식 집에 가자고 하면서 시어머니 얘기를 곁들였다.

"지난번 시골 갔을 때 형님이 어머님 돌보기 힘에 부친다고 요양원 알아보라고 하지 않았어요? 그럼 퇴촌 들러서 시설 좀 둘러보고 초월서 점심 먹는 거 어때요?"

더 말할 나위 없이 남편은 기뻐했다. 그때만 해도 남편이 왜 그렇게 기뻐하는지 난 진정 몰랐었다.

"거기 가서 이모도 보고 오면 되겠네."

아뿔싸. 퇴촌의 요양원에 시이모가 입원해 있는 것은 알았지만 난 면담까지 할 생각은 없었다. 시어머니를 요양원에 모시게 될 상황이 언제일지 모르니 대비해야 되겠다는 단순한 생각이었다. 그런데 남편은 시이모 면담 생각부터

한 것이었다.

"여보세요. 난 시이모를 만나러 가는 게 아냐. 요양원 정보를 얻으러 간다구요. 내가 시이모 요양원까지 찾아다녀야 돼? 그건 아니라고 봐."

내 반응에 남편은 잠깐 멈칫했다. 마누라가 밉살스럽게 따지고 태연하게 '아니요'를 해대는 여자인 걸 알긴 했으나 참으로 대단하다는 표정이었다.

"아니, 거기까지 가서 이모를 안 만나고 오는 게 더 이상하지 않아? 불쌍하지도 않아?"

남편은 거의 화를 내려는 분위기였다. 그러나 나도 생각을 철회할 마음은 없었다.

"구분은 정확히 해야죠. 점심 먹으러 가면서 요양원도 알아보는 게 우리 일정이라고요. 이모를 만나는 것은 아니죠. 시어머니가 부족해서 시이모까지 봐야 돼요?"

몇 차례 일정을 포기할 만한 위태로운 말이 오가긴 했으나 시끄러운 게 싫은 나는 그냥 양보하기로 했다. 어휴. 그러자 남편은 한 술 더 떴다.

"뭘 사가야 하나? 뭐가 좋지? 노인들 나눠 드실 만한 거. 그런데 잘 드시지도 못하고. 용돈을 드려야 하나? 그게 낫겠네."

난 더 이상 참견하지 않았다. 60명이나 된다는 노인들 간식을 사 가든지 말든지 용돈을 드리든지 말든지 상관하기 싫었다.

자기도 요양원을 갈지 말지를 고민해야 할 나이에 웬 오지랖이람. 상황도 모르고 뭘 어떻게 준비해 간다는 건데?

하여튼 남편은 용돈을 준비한 것 같았고 우리는 서로 입을 꾹 다문 채 3번 국도에서 퇴촌으로 접어들었다.

요양원의 입소자 면담을 위해서는 코로나 신속항원키트 검사를 해야 했기에 그게 또 화가 났다. 우선 코를 찌르는 게 너무 싫었고 이렇게까지 해서 시이모를 내가 왜 봐야 하나 하는 생각 때문이었다. 그래서 코도 찌르는 둥 마는 둥 해서 검사를 마쳤다. 남편은 너무 열심히 찌른 나머지 코피가 날 뻔했다.

"이모, 저 알아보시겠어요? 큰 조카."

요양사가 미는 휠체어에 실려 온 시이모는 가시처럼 마른 어깨와 무릎에 담요를 겹겹이 둘러 덮고 있었다. 그러고도 춥다고 해서 사무장이 담요를 무릎에다 또 덮어 주었다.

마스크를 내리고 나서야 이모는 남편을 알아보는 눈치였다. 목소리가 너무나 작아서 입에다 귀를 바짝 갖다 대야 했다. 게다가 남편은 귀가 어두워서 이모의 소리를 잘 알아

듣지 못해 내가 확성기가 되어야 했다.

금방 바스러질 것 같은 이모를 보자 만나기 싫어했던 것이 조금 후회되었다. 이모는 시어머니와는 열 살도 더 차이가 나는 막내였고, 내가 시집왔을 무렵에는 유머가 넘치는 멋쟁이였었다. 조카들과 나이 차이도 많지 않으니 남편도 누나처럼 따르던 사람이었다.

"이모, 식사는 잘 하세요? 여기가 어때요?"

식사를 잘 못해서 죽만 드시고 우울증으로 거의 움직임이 없다는 사무장의 이야기를 들었지만 달리 할 이야기가 없었다.

"집이 더 재밌어."

겨우 힘을 끌어 모아 내 귀에다 들릴락말락 한 음성으로 넣어 준 이모의 진심이었다. 이모의 딸들 얘기에 따르면 요양원이 너무 좋아 집에는 가기 싫다고 하셨던 이모였다.

"집에 가셔도 아무도 없잖아요."

이모가 집에 가도 방법은 없었지만 그래도 집이 좋다고 이모는 반복했다. 왜 안 그렇겠는가. 자식 생각해서 요양원이 재밌다고 얘기하셨다지만 그것을 믿고 싶었던 것은 자식의 마음이었을 뿐.

우리는 거의 20분을 아무 얘기도 없이 비닐장갑을 손에

긴 채로 앉아 있었다. 그러다가 준비해 간 용돈 봉투를 담요로 둘러싸인 이모의 손에 쥐어 주고는 요양원을 나섰다.

이모의 모습을 보고 나오면서 내 마음도 안 좋았으니 남편은 더 했을 것이다. 그러게 만나지 말자니까. 하여튼.

"저기 국숫집에서 밥 먹고 갈까? 당신 칼국수 좋아하잖아."

남편의 말에 고개를 들어 보니 요양원 맞은편에 우중충한 칼국수 집이 있었다. 또다시 화가 나려는데 참고 말했다.

"난 오늘 오랜만에 제대로 된 점심을 먹고 싶어서 나선 길인데 당신이 결국 문병하는 일로 만들어 버렸고, 그것도 모자라 이제는 아무 데서나 국수를 먹자? 난 싫어. 혼자 먹든지."

정말 이 남자는 무엇 때문에 여기까지 왔는지를 잊어버린 걸까? 시이모를 만나기 위해 나섰던 길이라고 생각하는 걸까? 어메이징하다.

"아니, 당신이 국수를 좋아하니까 먹자는 얘기지."

남편의 궁색한 말에 더욱 화가 났지만 여전히 시끄러운 게 싫은 나는 다른 곳으로 가자고 담담히 말했다. 결국 양평 쪽에서 점심을 먹고 돌아오는데 마음이 착잡했다.

"전에 누가 소개한 요양원이 초월 쪽에 있으니 가는 길에 한 번 들러나 봅시다."

남편 또한 같은 마음일 것 같아서 한 군데를 더 들렀다. 상담을 했지만 대기 번호가 길었다.

시어머니는 배변 실수가 생기기 시작해서 손이 많이 가는 상황이었고 몸은 심히 건강하셨다. 언제라도 사촌 형님이 두 손 들고 못하겠다고 하면 요양원 외에 다른 대책은 없었다. 혹시 상황이 안 좋으면 남편은 우리가 가서 다만 얼마 동안이라도 돌볼 수 있지 않을까라고 얘기했지만 어림없는 일이었다. 나를 낳고 길러 주신 친정 부모도 단 하루를 돌보지 못했는데. 대답도 하기 싫었다. 본인이 혼자 가서 돌보던가.

제발 하루라도 빨리 돌아가시길. 더 험한 삶 겪지 마시고 집에서 주무시다 꿈처럼 돌아가시길. 모두가 원하는 바이지만 대부분 이루지 못한다는 걸 어머니나 우리나 모르지 않았다.

내 코가 석자인 상황이 곧 닥칠 텐데 우리에게는 아직도 미완성인 부모님의 삶이 남아 있구나 하는 생각에 집으로 돌아오는 길은 참으로 아득했다.

서로 닮아 가는

어느덧 내가 사랑했던 먹산은 저 산이 되어 버렸고 이곳 영장산의 일부가 이 산이 되었다.

사람들이 왜 가까운 산의 고유한 이름 대신 지시 대명사를 써서 이 산, 저 산이라고 하는지 나이가 들면서 깨달아지기도 했다. 뜻이 전해진다면 굳이 고유명사를 사용하지 않는 게 훨씬 편리하기 때문이 아닐까 싶었다. 젊은이들이 줄여 말하기 하듯 노인들은 대명사를 사용하는데, 후자가 좀 더 세종대왕님과 가까운 쪽일 거란 생각을 하며 히죽 웃었다.

어쨌든 이 산도 다니다 보니 일정하게 만나게 되는 팀들이 있었다. 그들은 보통 두 명 혹은 세 명, 많으면 네 명씩 다녔다.

그중 세 명인 초로의 아줌마들은 같은 색깔, 같은 모양의 모자를 쓰고 다녀서 '우리는 한 팀'이라고 말해 주고 있었다. 하긴 그녀들이 같은 모자를 쓰지 않았다면 내가 알아보기에는 훨씬 오랜 시간이 걸렸을 터였다.

누구나 알듯이 일정한 나이가 지나면 사람들은 다 닮아가므로 구별하기가 힘들어졌다. 나이가 아주 많은 경우 성별의 구분조차 희미해져 할아버지인지 할머니인지 아리송할 때가 있었다. 한동안 어떤 할머니를 심술 맞은 할아버지로 착각했던 경우도 있었다.

그래서 남편이 외출 전 옷을 고르느라 노심초사할 때 내가 하는 단골 말은 '아무도 몰라요.'였다. 물론 아무렇게나 입고 나가라는 것은 아니었지만 어제 입었던 것을 오늘 또 입는다고 해서 상대가 알아보거나 또 입었다고 타박할 일은 절대 없다는 것이었다. 그리고 그 사실은 노년으로 진입한 이래 아직까지 깨진 적이 없는 진리였다.

그렇게 우리는 다 닮아 가는 중이었다.

"항암을 다섯 번만 한다더니, 이제는 다섯 번 더 해야 한다고 하네."

"나도 다섯 번으로 알았는데 왜 늘어난 거야? 아유, 젊은 애가 얼마나 맘이 그럴까?"

내 또래의 여인 둘이서 나누는 대화였다. 그녀들의 산행 걸음이 너무 느린 데다 길도 좁아서 뒤를 따라가다가 조금씩 얻어들은 이야기의 주인공은 그중 한 여인의 딸인 듯했다.

젊은 딸이 항암을 하고 있는데 사위는 도움이 안 된다는 둥, 내가 무슨 죄가 많아서 딸이 암에 걸려서 고생을 하느냐는 둥. 두 여인의 목소리는 바람처럼 이어졌다 끊어졌다를 반복했지만 이야기를 완성해 가고 있었다.

'당신 잘못은 아니죠. 자책하지 맙시다.' 그녀들의 뒤통수에 대고 크게 말하고 싶었으나 당연히 그래서는 안 될 일이었다.

내가 아는 대개의 부모들은 자식들이 겪는 고통이나 불행이 자기 탓이라고 하는 경우가 많았다. 특히 병약하거나 아픈 자식의 경우에는 거의 100프로였다. 그러나 그것은 내가 죄를 짊어지더라도 아픈 아이의 고통이 사라질 수만 있다면 하는 완곡하고 슬픈 표현일 뿐. 자식의 병 앞에서 속수무책인 부모의 입장에서는 자신의 잘못을 차곡차곡 묶어서 신과 거래라도 하고 싶은 마음이지 않겠는가.

이 산에서는 유독 아픈 사람들의 이야기가 많이 들렸다. 내 또래의 그만그만한 사람들은 결국 병과 더불어 살 수밖에 없다는 얘기일 것이다.

암 치료에 맨발로 걷는 것이 좋다는 치료법에 따라 등산로 입구에 좋은 운동화를 나란히 벗어 놓고 맨발로 산행을 하는 분들이 꽤 있었다. 저 산에서도 상노인들의 맨발 산행은 있었는데 그곳은 치료라기보다는 건강 증진의 방법이었다.

나도 맨발로 도전해 볼까 생각은 했지만 암 치료자도 아니었고 건강 증진에도 관심이 없었으니 해당 사항이 없었다. 그래서 보기에도 무거워 보이는 커다란 등산용 운동화를 거의 운반하듯 신고 다녔다.

정상에서는 보통 대여섯 명이 운동 기구를 사용하거나 아니면 멀거니 앉아 있었다. 나는 후자였다. 그곳에서는 아침 먹이 활동을 하는 새들이 종종거리며 돌아다니곤 했다. 나는 새를 보고 새는 나를 보다가 새가 떠나가면 나는 가져간 텀블러의 물을 마셨다.

오늘도 늘 하던 대로 뚜껑을 열어 벤치에 놓고 물을 마시려는 찰나 텀블러 뚜껑이 산 아래로 데굴데굴 굴러 떨어졌다. 나도 모르게 벌떡 일어나서 뚜껑의 하산을 구경했는데 주우러 갈 수 있는 경사가 아니었다. 할 수 없이 다시 주저앉아 물을 마시는데 건너편 벤치의 할아버지 한 분이 나를 보고 있었다.

'에구, 뚜껑을 잃어버렸으니 물병이 쓸데없이 되었네.' 그런 표정이었으나 아무 얘기는 없었다. 그도 나처럼 뭔가를 산 아래로 굴려 보낸 경험이 있지 않았을까 하는 생각만 해 보았다.

'너와도 이별이구나.' 남아 있는 텀블러의 몸통에는 아들과 관련된 단체의 이름이 새겨져 있었다. 텀블러도 유통기한이 있다고 다 버려야 한다고 아들이 주장했지만 그것 하나는 남겨 놓았었다. 이제 집에 텀블러는 하나도 없다.

벤치에 기대어 거북이처럼 햇살에 몸을 말리고 있는데 예의 같은 모자 세 명이 올라오며 떠드는 소리가 들렸다. 그들은 마치 백설공주의 난쟁이들 같았다. 키가 작기도 했지만 모자를 쓴 모습이 너무 그림책의 난쟁이들과 닮아 보였던 것이다.

"돈이 5000만 원이 넘으면 세금이 붙는다잖아? 그러니까 차용증을 쓰고 빌려주라고. 애들한테 이자를 넣으라고

하면 되는 거야."

"그게 무슨 소리야? 어떻게 5000으로 결혼을 해요? 그래도 1억은 해 줘야 전세방 얻는 데 보태지."

"나 아는 아줌마는 10억짜리 집도 주던데? 세금 안 냈대. 아들이 전세로 들어왔다던가?"

그들의 주제는 결혼하는 아이에게 줄 결혼 자금이었다. 사실 그 문제는 나도 얼마 전에 겪었던 일이라서 흥미롭게 들렸다.

"돈이 많아도 못 준다니까? 이게 무슨 법이야? 결혼을 하라는 거야, 말라는 거야?"

아마 그중 하나는 제법 부자인 듯 흥분하는 말투에서도 그런 티가 풀풀 났다.

"그냥 5000만 원만 주라는 거야. 그래야 공평하게 가난하지."

"거 참, 묘하게 설득되네."

모두들 손뼉을 치며 까르륵 대고 웃어 댔다. 그 소리에 나무에서 내려오던 새들이 푸드덕 다시 공중으로 날아올랐다. 새들도 아줌마들은 무서워하는 듯했다.

"이 세상에 그런 일들이 얼마나 많은데 그 정도로 뭘 그래. 아직 덜 살았어!"

아마도 가장 연장자인 누군가가 소리를 높여 말했다.

떠드는 소리를 뒤로 한 채 나는 잃어버린 텀블러 뚜껑 생각에 가자미눈을 하고 산을 내려갔다. 혹시 어디 마른 관목 덤불에라도 걸려 있으면 기어서 가져올 심산이었다.

다행인지 불행인지 뚜껑은 보이지 않았고 뒤따라 내려오는 두 명의 할아버지를 기척으로 알아차렸을 뿐이었다. 할아버지들은 할머니들과 달리 별말씀이 없는 경우가 대부분이었다. 그런데 할아버지들이 얘기를 한다 해도 할머니들의 얘기와 많이 다르지 않다는 것을 그동안의 산행에서 터득했다. 살아온 세월만큼 많은 얘기가 있었지만 흐름의 원류는 그 세대의 삶이었고 이야기의 유형별로 결론은 비슷했다.

할아버지들은 산행 복장도 동네 마실 다닐 때와 별다르지 않았다. 할머니들이 주로 원정이라도 갈 듯한 브랜드 등산복을 입었다면, 할아버지들은 양복 바지나 일상복 점퍼, 또는 위아래가 맞지 않는 트레이닝복 정도였다.

그런데 고산 등반대의 전문 장비를 장착한 할머니와 동네 노인정 다니는 할아버지의 모양새가 거의 비슷하게 보였다. 산에서 할아버지의 의상이 아무렇지 않듯이 하산해서

동네에 들어선 할머니의 장비도 아무렇지 않았다.

　그가 그 같고 그녀가 그녀 같았으며 그가 그녀 같기도
한 노년의 매직은 시간이 갈수록 더해지는 것 같았다. 이러
다가 나중에 모두 구별이 어려운 쌍둥이처럼 보이지 않을까
생각했다. 그나저나 비슷비슷해진 노인들은 다음 세대의 부
양이 필요한 거대한 베이비부머가 될 텐데 미안해서 어쩌나
하는 오지랖이 금방 웃음을 가뒀다.

　그렇게 우리는 공평하게 늙어 가고 있었다. 저 산에서
와 마찬가지로 이 산에서도. 우리 이후의 세대 또한 그러하
겠지만.

은퇴 부부가 사는 법

아이들이 다 출가하고 둘이 남은 식탁은 언제나 조촐하고 조용했다. 수저 소리만 달그락거리다가 식사가 끝날 즈음이면 남편은 전화기를 들여다보곤 했다. 아직 그의 밥그릇에는 두세 숟가락 분량의 밥이 남아 있으나 입맛이 없는 남편은 천천히 젓가락으로 밥알을 세고 있었다.

생각 같아서는 놀부처럼 주걱으로 뺨을 한 대 후려치고 싶은 때가 한두 번이 아니었다. 아마 시아버님이 앞에 계셨다면 숟가락으로 남편의 이마를 딱 때렸을 것이다. 밥 먹을 땐 딴짓하지 말아야지.

그러나 내 아들도 아니고 시어머니 아들인데 내가 밥을 집중해서 먹어라 말아라 하고 싶지는 않았다. 다만 그 모습이 싫어서 먼저 숟가락을 딱 놓고 베란다로 나가서 식물들을 들여다보는 것이 우리집 아침 풍경이었다.

얼마가 지났을까? 모른 척 설거지를 놔둔 채 서재로 들어가서 앉았는데 거실에서 남편이 부르는 소리가 들렸다. 남편은 어느새 설거지를 마치고 커피를 내려 마시며 TV에 열중하고 있었다. 생각해 보니 오늘은 남편이 헬스장에 안 가는 날이었다.

"여보, 저거 좀 봐. 백조 옷을 안 입었어."

느닷없는 백조 옷 이야기에 난 강아지 옷이 생각나 좀 의아했다. 요즘은 강아지들처럼 백조도 옷을 입히나? 무슨 백조가 옷을 입어? 백조가 옷을 입은 모습을 상상만 해도 웃음이 터져 나왔다. 여간 이상한 풍경이 아니었다.

"나와 보라니까."

남편의 성화에 겨우 나와 보니 TV 클래식 채널에서 발레 공연을 하고 있었다. 「백조의 호수」 곡이 흐르고 발레리나들이 거의 평상복에 가까운 옷으로 춤을 추는, 누가 봐도 현대적인 해석의 공연이었다.

"백조 옷이 뭐야?"

남편의 '백조 옷'이란 표현에 기가 막혀 웃다가 물었다. 그러자 남편은 도리어 이해가 안 가는 표정으로 나를 쳐다

봤다.

"백조가 입는 옷이지. 저건 백조가 아니잖아. 넝마를 입었어. 이상하잖아."

드디어 남편의 말을 이해했지만 그냥 넘어가기에는 뭔가 좀 민망한 구석이 있었다. 이 남자가 다른 데 가서도 백조 옷 타령을 하면 어쩌나 싶은.

"「백조의 호수」에서 꼭 흰 발레복을 입어야 한다는 법이 어디 있어? 그래도 토슈즈는 신었네."

그러나 남편은 토슈즈건 발레복이건 들리지 않는 것 같았다. 그저 자신이 보아 온 「백조의 호수」와 너무 달라서 약간 화가 난 듯했다.

'클래식 채널을 왜 틀어서 백조 옷 타령을 한담?' 남편이 가지고 있는 발레복에 대한 개념은 '백조 옷'이란 걸 난 처음 알게 되었다. 그러나 「호두까기 인형」이나 「잠자는 숲속의 미녀」 같은 발레 공연에서는 뭘 입건 백조 옷 타령을 하지 않았다. 그렇다면 남편의 '백조 옷'은 「백조의 호수」에 국한된 표현일 것이었다. 백조 옷이란 의미상 백조가 입는 옷인데 정작 백조는 깃털로 덮여 있지 않은가.

생각이 거기에 미치자 남편의 표현이 맞다는 생각도 들었다. 무용수들이 깃털로 덮인 하얀 발레복을 입고 있었다면 백조와 비슷할 테니까. 그래도 다 큰 성인이 발레복을 백조 옷이라고 표현하는 데는 아무래도 문제가 있다 싶어서 고쳐 주고 싶었지만 남편은 전혀 그럴 의사가 없었다.

나는 그냥 입을 다물고 다시 서재로 들어갔고, 잠시 후 남편은 다른 채널을 틀었는지 온갖 악기 소리가 거실을 채웠다. 아유, 시끄러워.

어느덧 점심 때가 되어 점심을 준비하러 주방으로 가는데 남편은 신난 듯 내게 또 곡 이름을 알려 주었다.

"거위 모음곡이었는데 재밌네. 끝났어."

"웬 거위? 거위 모음곡이 있어?"

조금 전 백조 옷 사건이 있어서 남편의 말을 믿을 수가 없었다. 혹시 잘못 알고 있는 것은 아닐까 싶은 합리적인 의심이 들었다.

"맞아, 거위 모음곡이라니까? 왜?"

남편은 아주 순진한 표정으로 다 식은 커피를 홀짝이며 나를 보지도 않고 대답했다.

"아니, 너무 웃겨서. 백조에서 거위라니. 오늘 클래식은 조류 특집인가?"

다소 미심쩍게 TV를 보니 화면 귀퉁이에 '거쉰의 피아노 전주곡'이라는 글씨가 보였다. 그리고 굉장히 늙은 한 남자가 열중해서 피아노를 연주하고 있었다.

"혹시 거쉰이란 작곡가를 거위로 잘못 안 거 아냐?"

"이 사람이, 거쉰이 아니라 거위라니까."

하긴 클래식에 있어서는 남편이 나보다 훨씬 나았다. 내가 아는 클래식은 학교에서 배운 몇 개가 다였다. 거위 모음곡이 맞겠지.

백조 옷과 거위 타령을 하다가 하루를 보내고 나니 우리는 왜 이렇게 살고 있나 하는 생각이 들었다. 다른 집은 어떻게 사나?

남편이나 나나 집에 머무는 시간은 많았지만 마주 앉아 대화하는 시간은 별로 없었다. TV 프로그램조차 보는 장르가 달라서 그나마 같이 앉아 있지도 않았다. 그런데 아무 일 없이 편안히 하루가 가고 일주일이 가고 한 달이 갔다. 사람들은 우리가 신기하다고 했다.

"어떻게 하루 종일 같이 있어요?"

"서로 어느 정도 떨어져 있으면 돼요. 그냥."

정말 은퇴 부부에게 필요한 것은 적정한 거리의 유지라는 생각이 들었다. 물리적인 거리가 있으면 정신적인 거리도 자연히 생기기 때문에 실제로 공간을 나누는 게 필요했다. 너무 밀착되어 있으면 잔소리와 참견으로 피차 마음을 상하기 쉬운 게 함께 있는 노년의 삶이란 걸 깨달았다.

이제는 식사 때 휴대폰을 보든, 발레복이든 백조 옷이든, 거위든 거쉰이든 심각해지지 않고 이웃에게 하듯 웃고 지나가지 않는가. 하지만 이러한 적정한 거리 유지가 은퇴 부부인 우리에게 그리 쉬운 일은 아니었다.

노년의 시작은 여전히 노력해야 하는 삶의 중요한 여정이었고 앞으로도 계속 그러할 것이다.

소풍

나의 시아버지는 납골당인 분당 메모리얼파크에 계신다. 8년 전 돌아가셔서 이곳에 모셨다. 그때 남편은 말했다.

"여기 12기가 들어갈 수 있다니까 당신과 나도 결국 이리 올 거야."

12기란 시부모님과 아들 다섯 부부의 숫자인 것 같았다. 물론 나는 죽어서까지 시월드에 함께 있고 싶은 마음은 눈곱만큼도 없었다. 그리고 돌 항아리에 담긴 채 오랜 세월 썩지도 못하고 있는 상태도 싫었다.

시부모님보다 먼저 가신 친정 부모님은 옥수수 전분으로 만든 항아리에 유골을 담아 수목장을 했다. 나무에는 두 분의 이름이 새겨진 나무 팻말만 걸려 있을 뿐 아무런 흔적도 없었다. 그 팻말도 곧 뗄 때가 되었다는 소식이 왔으니 얼추 15년의 세월이 흐른 것이었다. 수목장 관계자 말로는 진즉 다 흙으로 흡수가 됐을 거라는데 우리 시아버지는 아직도 튼튼한 돌 항아리 안의 가루로 남아 계실 거였다.

나는 납골당은 물론 수목장도 싫고 그냥 가루가 되어 공인된 어떤 장소에 뿌려지고 싶었다. 살아서도 그렇지만 죽어서는 더욱 어떤 흔적도 남기고 싶지 않았기 때문이다. 근처에 그런 곳이 있다고 해서 알아보았지만 우리 애들은 아마도 메모리얼파크의 가족묘에 나를 안장할 것이다. 그게 가장 쉽고 자연스러우며 편안한 선택 아니겠는가. 그래서 아이들을 위해 수목장이니 산장이니 하는 유언은 하지 않기로 했다. 죽어서도 그냥 시월드로 들어가기로 한 것이다. 그나마 죽고 나서니 얼마나 다행인가.

메모리얼파크에 가면 난 시아버지만 보는 것이 아니라 근처의 모든 고인들의 묘비를 돌아보곤 했다. 남편은 남의 묘를 뭐 그렇게 관심 있게 보느냐고 했지만 상관없었다. 남편이 시아버지의 묘비를 정성껏 닦고 먼지 낀 조화를 정리하는 게 취향이라면 난 다른 집 묘비를 열심히 읽고 다니는 게 취향이었다.

각 묘비마다 새겨진 말씀들은 종교적인 것이 많았으나 시나 고인에게 하고 싶은 말을 적어 놓은 경우도 있었다.

가족묘 중에는 집안이 장수를 하고 부모부터 자녀까지 죽음의 순서가 차례대로인 곳도 있었지만 생각보다 많은 가정들이 순서가 뒤바뀌어 있었다.

남편보다 더 젊었던 아내가 일찍 떠난 경우도 있었고 아들 며느리가 순서를 바꿔 시부모보다 앞선 경우도 있었다. 어떤 집은 부부와 두 아들 며느리가 있었던 모양인데 모두들 요절하고 내 또래의 아들 하나만 생존해 있었다. 출생 연도는 있으나 아직 죽음의 시간을 적지 못한 한 아들의 이름을 보면서 남은 자의 신산한 삶이 느껴져 마음이 먹먹했다.

그중 가장 가슴 아픈 것은 부모보다 먼저 떠난 자식의 생몰연대였는데 그런 가정도 적지 않았다. 불과 20대에 생을 마감한 어떤 묘비에는 '누구야, 보고 싶다.'라는 문장 하나만 새겨져 있을 뿐인데 그 절절함에 내 일인 듯 마음이 아렸다.

어떤 묘비에는 천상병 시인의 시 한 구절이, 또 다른 곳에는 좋은 바람이 불면 당신인 줄 알겠노라는 문구가 씌어 있었다. 바람이 많은 이곳을 생각했음일까?

누구인지 전혀 알지도 못하고 당연히 본 적도 없는 사람들의 사연이 마음에 스며들었다. 이곳에 잠들어 있는 수많은 사람들의 묘비에는 가족 간의 그리움과 사랑과 아쉬움이 마치 무지개 솜사탕처럼 섞여 있었다. 살면서 갖고 살았을 원망이나 시비, 섭섭함과 분노 같은 것은 어디에도 없었다.

'결국 이렇게 사랑해, 그리워, 다시 만나라고 할 거면서 그렇게 살지 못하는 것이 인생의 비극이구나.'

시아버지의 묘역을 지나서 다른 묘역으로 뚫린 길을 천천히 걸었다. 같이 온 남편은 세차한 차에 걸레질을 하느라 멀리서 보기에도 땀을 비 오듯 흘리고 있었다.

'이 봄날에 웬 고생이람.' 그런데 그것 또한 남편의 선택이었고 난 그 선택을 존중하기로 해서 남편을 부르지는 않았다.

한두 군데에 2월 1일부터는 조화를 가져오지 말아 달라는 부탁의 현수막이 걸려 있었다. 한낮의 햇볕이 내리쪼이는 곳이라 생화나 화분이 견뎌 내질 못해서 대부분의 묘는 조화로 장식되어 있었다. 시아버지의 묘도 각종 알록달록한 조화로 둘러싸여 있었는데 난 볼 때마다 별로 맘에 들지 않았다.

"이게 무슨 낭비야. 경쟁적으로 조화를 가져다 놓았네."

나의 심통 맞아 보이는 말투에 남편은 늘 같은 소리로 답을 하곤 했다.

"그래도 아버지 묘가 너무 쓸쓸해 보이면 안 좋잖아? 공원에 꽃 핀 것 같아 좋은데 뭐."

조화가 만발해 있다고 해서 쓸쓸해 보이지 말란 법은 없는데 마치 모두가 동의하듯 남편과 시동생들은 조화를 쉬지 않고 갖다 놓았다. 그런데 이제 그 조화를 금지한다니 기쁜 소식이었다.

혼자 어슬렁거리며 산으로 둘러싸인 묘역을 한 바퀴 돌았다. 어디나 납골묘가 규칙적으로 줄지어 있었지만 이장을 하지 않아 봉분을 가진 산소도 상당히 보였다. 이장을 하라고 꼬드겨도 그대로 놓아 두었던 모양인데 그 모습이 차라리 더 낭만적이었다. 나는 흔적을 남기고 싶지 않다고 하면서 떼가 잘 입힌 다른 사람의 산소가 보기 좋은 것은 어쩔 수 없었다.

사방이 봄꽃으로 흐드러져 있어서 빛나는 햇살 아래 온갖 색깔이 영롱했다. 죽은 자들은 조용했고 산 자들은 거의 없어서 공기조차 투명했다.

'소풍에 좋은 날씨야.'

　편안하게 걷고 있는데 아래쪽 2시 방향에 중년의 남자가 제사를 모시고 있었다. 아니, 제사는 이미 끝난 듯 남자는 비스듬히 머리를 손끝에 기대고 앉아 있었다. 묘비 앞에는 과일과 떡, 술 등이 가지런했고 남자 외에는 사람이 없었다. 바람결에 남자의 혼잣말이 들려왔다.

　"애들은 못 왔어. 섭섭해하지 마."

　아직 엄마를 떠나 보내기엔 아이들이 어릴 것 같은 나이의 사내였다.

　"당신 좋아하는 진달래, 개나리가 지천이네. 전에 당신이 소풍 온 것 같다 그랬지? 맞아. 소풍이군."

　남자는 힘겹게 일어나 옆에 떨어진 진달래 꽃잎을 제상에 올렸다. 남자의 말 중에서 '소풍'이란 단어가 내 귀에 착 달라붙었다. 아마도 남자는 생전의 아내와 함께 이곳을 다녀간 모양이었다. 그때 그녀는 나처럼 묘지 방문을 소풍이라고 생각했던 것일까? 하긴 산과 들과 꽃과 나무, 작은 개울까지 있는 이곳은 묘지이면서 공원이기도 했다.

　그렇게 죽은 사람들은 소풍을 왔다 갔고, 저 남자는 소풍 중에 있으며 나 또한 소풍 삼아 이 납골당을 찾았으니 인

생이 소풍인 것은 맞을지도 몰랐다. 바람 한 줄기가 벚꽃을
남자의 머리에 흩뿌리고 있었다.

나가며

브런치북에 선정되었다는 소식을 들었을 때 뭔가 잘못된 느낌이었다. 좋은 글들이 넘치는 세상에서 누가 노인의 이야기에 관심을 둘까 하는 생각에서였다. 혹시 내 글을 선택한 편집자가 노인일까 궁금했다. 결과적으로는 아니었지만. 초보 노인인 나와 관련된 이야기는 재미나 흥미와는 거리가 멀었다. 스스로도 그랬고 세상의 생각도 그렇다고 생각했다.

 사실 실버아파트에 입주할 때만 해도 내가 노인이 되었다는 사실을 인식하지 못했다. 물론 60세가 넘어야 입주할 수 있다는 건 알았지만 나이가 숫자 60이라는 것과 노인이라는 자각은 별개의 문제였다. 그런데 실버아파트에서 초보실버인 나의 실체를 만난 것이다. 생각과 실체의 간극이 크니 혼란은 생각보다 오래 갔다.

이 책에 수록된 글들은 노인으로 입문한 나의 푸념이며 관찰 기록이다. 관찰한다고 해서 좀처럼 익숙해지지는 않는 인생 마지막 여정의 시작이었다.

개인차는 있겠지만 죽음 전에 지나야 할 실버기는 어떤 생애 주기보다 길다. 그 긴 시간을 견뎌 내는 일에 위로와 공감이 필요했고 그 방법 중의 하나가 이 글쓰기였다는 것을 이제 깨닫는다.

실버들, 특히 초보 실버기에 들어선 이들이 나처럼 당황하지 않길. 끝까지 담담하며 당당하기를.

초보 노인입니다

1판 1쇄 펴냄 2023년 7월 14일
1판 5쇄 펴냄 2023년 12월 8일

지은이 김순옥
발행인 박근섭·박상준
펴낸곳 ㈜민음사

출판등록 1966. 5. 19. 제16-490호
주소 (우편번호 06027) 서울특별시 강남구 도산대로1길 62(신사동)
강남출판문화센터 5층
대표전화 02-515-2000 | 팩시밀리 02-515-2007
홈페이지 www.minumsa.com

ISBN 978-89-374-2627-8 (03810)

※ 잘못 만들어진 책은 구입처에서 교환해 드립니다.